福家警部補の考察

大倉崇裕

つまみ上げ、噛んでみる。まだ少し早い。水洗いしてボウルに入れておいたレタスに手を伸ばそうとしたとき、金属音と、それに続いて重いものが屋根を転がり落ちていく音が聞こえた。誠が屋根から落ちたのだ。もう少し待ってくれてもいいじゃないの、パスタが無駄になっちゃうわ。いつも間が悪いんだから——夫の“事故死”をめぐり、一見おっとりした妻の中本さゆりと福家警部補が熾烈な心理戦を繰り広げる「上品な魔女」ほか三編を収録。類稀な洞察力を駆使して容疑者たちと対峙する警察官名探偵の活躍を描き、現代の倒叙ミステリを代表するシリーズに成長した〈福家警部補の事件簿〉第五集、待望の文庫化。

福家警部補の考察

大　倉　崇　裕

創元推理文庫

THE REASONING OF LIEUTENANT FUKUIE

by

Takahiro Okura

2018

目次

福家警部補の考察

協力　町田暁雄

是枝哲の敗北

一

「はい」

妻の冷たい声が聞こえた。

「論文の校正をやるから、今夜は帰れない」

「判りました」

受話器を置くと、知らず知らずに入っていた肩の力を抜く。自宅に電話をかけ、妻と話す。これだけのことが、こんなにも遠いとは。

是枝哲《これえださとし》は壁の時計に目をやる。午後七時ちょうど。デスクには電話機とパソコンだけが、どちらも寸分の乱れもなく、デスクの真ん中と左上方の定位置に置かれていた。床には塵《ちり》一つなく、キャビネットのファイルも整然と並んでいる。唯一の不満は、ロッカーの横に積み上げられた段ボール箱だが、それも間もなくこの部屋から消える。

再度、時計を見る。七時一分。まあ、これくらいのズレは許容範囲だ。

是枝がいるのは聖南《せいなん》総合病院七階、皮膚科の部長室である。決して広くはないが、南側に面しており、日当たりが良い。個室であることも大きなポイントだ。医師を志す者であれば、誰もが羨《うらや》み、憧《あこが》れる場所の一つだった。四十九歳でこの席に坐れたのだから、これまでの首尾は上々と言えるだろう。問題は今後だ。

七時三分。ようやく内線ランプがついた。音は出ないように設定してあった。

受話器を取ると、事務員が鈴木《すずき》健伍《けんご》の来訪を告げた。

「通してくれ」

受話器を置いて待つこと二分、廊下をバタバタと走る音が聞こえた。ドアが勢いよく開き、額に汗を浮かべた鈴木が飛びこんできた。やや薄くなった髪が広い額にへばりつき、シャツには汗染みができている。

「申し訳ありません。遅れてしまって……」

「構わんよ」

是枝は感情を抑え、あえて低い声で言った。

「突然呼びつけたのは、こっちだからね」

「病院前の道が工事中で、上り車線がすごい渋滞になっていまして」

「そうなのか。ここにいると表の音はほとんど聞こえないんだ。車はどこに駐《と》めた？」

「いつもの、業者専用の駐車場に。ご指示通り、出入口に一番近いところです。それで、ご用というのは？」

「前にも言ったと思うが、先日、病棟奥の書類保管庫を整理したんだ。すると、前任者が残したものやら不要な雑誌やらが、文字通り山と出てきてね」

是枝は部屋の隅に積み上がった五つの段ボール箱を示す。

多々良《たたら》製薬のベテランMRである鈴木は、瞬時にこちらの意図を読み取った。

「私の方で処分しておきます」

「助かるよ。一階の受付で台車を借りられる」

「判りました。失礼します」

鈴木は腕まくりをしながら部屋を出ていく。是枝は椅子に坐り直すと、受話器を取り内線ボタンを押した。

「是枝だが、私宛の宅配便が届いていないかな。七時に時間指定をしたんだ」

「はい、たったいまお電話しようとしたところでした」

事務員の女性が応答した。

「急ぎの書類が入っているのだが、あいにく手が離せないんだ」

「すぐにお届けします」

「悪いね」

しばらくして、台車の音が近づいてきた。

「お待たせしました。さてと――」

鈴木はドアの横に台車を置き、せっせと段ボール箱を載せていく。鈴木が四つ目の箱を持ち上げたとき、事務の若い女性が開いたドアからひょいと顔をだした。

「是枝先生、お届けものです」

「ありがとう。わざわざすまないね」

女性は鈴木にちらりと視線を送り、デスクに宅配便の包みを置いた。

その手の甲に、是枝は目を留める。

「親指のつけ根が腫《は》れているね。虫刺されかな」

「はい。昨日から痒《かゆ》くて」

「待っていなさい。薬をつけてあげよう」

是枝は、ズボンのポケットに入れてあるカード型の携帯ルーペをだすと、手の腫れを確認した。ルーペをデスクに置くと、今度はカバンから軟膏《なんこう》入りの容器をだし、蓋《ふた》を開け、薬を指先ですくい、患部に塗った。

「これでいい。明日には楽になるよ」

女性は少しとまどったように頭を下げた。

「ありがとうございます。先生、薬をいつも持ち歩いておられるんですか?」

ルーペをポケットに戻しながら是枝は答えた。

「こういうこともあるからね。今日は君で五人目だ。ああ、この後、校正に集中したいので、電話があっても取り次がないでくれないか」

「判りました」

女性はもう一度頭を下げ、部屋を出ていった。

その姿を、鈴木が粘っこい目で追っていた。今年で四十五になる鈴木だが、まだ独身である。

「この病院、可愛い子が多いんですよねぇ」

「よければセッティングしようか？」

合コンのことである。鈴木の表情が輝いた。

「いいんですか？　ぜひ！」

「今日のお礼だ。近いうちに連絡するよ」

鈴木は「よっしゃあ」とガッツポーズを作って作業を再開する。その様子を横目で見ながら、是枝は宅配便の包みを開けた。中身はＢ４サイズのゲラだ。百ページ近くある。それを見た鈴木が、ハンカチで汗を拭《ぬぐ》いながら言った。

「先生、本をだされるんですか？」

「医療系の専門誌に論文が載るんだよ。断れない相手に頼まれてね」

「断れない？」

「恩師なのだよ。厳しい人でね。編集部を通じて直々《じきじき》にゲラをチェックしていただいたら、どのページにも書きこみが入っている。今日は徹夜になりそうだ」

鈴木は「はあ」と生返事をすると、最後の箱を台車に載せた。鈴木の背丈ほどに積み上がり、かなり不安定だ。

「鈴木君、大丈夫か？」

「慣れてますから平気です」

「急に悪かったね。助かった」

「いえいえ。いつでもお呼びください。そうそう、来月あたり、またゴルフでもいかがですか」

「来月は出張が多くてね。まだスケジュールがはっきりしないんだ。でも、お願いしたいな」

「近くなりましたら候補日をお伝えしますので、ご検討ください」

鈴木は器用に台車の向きを変え、「よいしょ、うんしょ」と声を上げながら出ていった。

是枝は洗面台で手を念入りに洗ったのち、白衣を脱いで椅子の背にかけ、ロッカーのハンガーから上着を取って身につけた。革靴をゴム底のスポーツシューズに履《は》き替える。手術用の手袋をはめ、ロッカーの奥に立てかけておいた鉄棒をだす。長さは五十センチ、直径は五センチほどだ。先端にタオルを巻くと、感触を確かめてデスクに置いた。

百円ショップで購入した布製の手提げ袋に、ゴミ袋を一枚入れる。続いてデスクの引きだしから、今朝自販機で買った缶コーヒーを取りだす。中身は少量を残して捨て、残った中身がこぼれ出ないよう厳重にテープとラップで封をしてある。それと鉄棒、椅子にかけた白衣を丸めて袋に入れる。ゲラと三色ボールペン、ペンライトを一番上に置くと、袋を持ち部屋を出て施錠する。廊下に人気《ひとけ》はない。非常階段に通じる一メートル先のドアを開け、一気に駆け下りた。一階のドアの向こうは業者専用駐車場だ。

先ほどの段ボール箱をバンに積み終えた鈴木が台車を返しに行くのを見すまして、是枝はバンに近づき後部ドアから乗りこんだ。段ボール五箱は雑に放りこまれており、少し移動させれば人ひとり潜《ひそ》むスペースは確保できた。運転手の視界に入らぬよう箱の位置を調整し、鈴木の帰還を待つ。

二分と経たないうちに運転席のドアが開き、鈴木が乗りこんできた。エンジンがかかり、バンがスタートする。こちらに気づいた様子はない。

外の様子はよく判らないが、一般道に入ったのが気配で判った。携帯電話が鳴り、一瞬、心臓が跳ね上がる。鳴ったのは鈴木のものだった。

「いま聖南を出た。仕方ないだろう、是枝先生のご用命なんだから。ゴミ捨ての手伝いだぜ、やってられるかっての。ハハハハ、まあ、そうだけどな」

運転しながら喋《しゃべ》っている。是枝は内心で舌打ちをした。こんなところで警察に捕まりでもしたら、計画がご破算だ。

「これから、いつものところに駐めて、そっちへ行く。ああ、車は一晩置きっぱなしにするから。ばっちり飲めるぜ」

鈴木は通話を切った。二分ほどしてバンの速度が緩《ゆる》み、いったん停止する。大きくバウンドした後、急な右カーブを切りながら、道は緩やかな上り坂になった。遠心力に抗《あらが》い、是枝は箱の間でバランスを取る。大きく車体が揺らぎ、バンが止まった。エンジンが切られると、呼吸すら止めたくなるほどの静寂が広がった。

ドアを開け閉めする音が響き、鈴木の靴音が遠ざかっていく。

五分待ち、是枝は身を起こした。長らく縮《ちぢ》こまっていたため、節々が痛む。後部ドアは中からは開けられないので、運転席に移って外へ出た。

是枝がいるのは、立体駐車場の四階だった。多々良製薬が営業車のため、この駐車スペースを借り上げている事は事前に調べて判っていた。鈴木がいつも、ここを利用する事も。場内に人気はなく、駐まっている車もほんの数台だ。照明は暗く、排気ガスの臭いがこもっていた。鈴木のバンは、駐車場の真ん中、エレベーターに近い場所に収まっていた。この建物は、真ん中にエレベーター、北と南の端にそれぞれ非常階段がある。

是枝は北階段入口前に、ＢＭＷが駐まっているのを確認すると、エレベーターホール脇の避難器具収納庫に向かった。扉に鍵がかかっていないのは事前に確認済みだ。六畳ほどの広さで、消火器や避難ばしごなどが放りこまれている。窓も換気扇もなく、埃《ほこり》と湿気、黴《かび》の臭いで何とも不快な場所だった。持ってきた白衣をはおってドアを閉める。中は完全な暗闇となった。壁にもたれて坐り、携帯で時刻を確認した。午後八時を少し回ったところだ。さて、どれくらい待たされるだろう。できるだけ早く来てもらいたいものだな。

ペンライトをつけ、膝《ひざ》の上にゲラを載せる。右にはモップの入った鉄の缶、左にはタイヤが積み上がっている。中のものはなるべく動かしたくなかった。ゲラを広げるスペースが足りないので、半分に折った。左手にライトを持ち、右手にペンを握る。

是枝は論文の校正に集中した。

二

牟田真紀夫《むたまきお》は「月光」という日本料理店の個室にいた。出てくるものはだし巻き卵や刺身、海鮮鍋といったありきたりの品だったが、どれも絶品で、かなり口の肥えている牟田も文句のつけようがなかった。

猪口《ちょこ》に残った日本酒を、最後の一滴まで飲み干した。酩酊《めいてい》というほどではないが、酔いはかなり回っていた。ネクタイは外し、シャツの胸ポケットにねじこんである。デザートの柚子《ゆず》シャーベットが、口の中で日本酒と混じり合い、実にさわやかな後味を醸《かも》しだしていた。

テーブルの隅に置かれた水をひと息に飲み干し、相手が戻るのを待つ。

音もなく戸が開き、足立郁美《あだちいくみ》が笑顔で戻ってきた。普段はまとめている髪を下ろし、頬は酒のせいでほんのりと赤く染まっている。カラーコンタクトを入れているのかと思うほど薄く澄んだ茶色い目、薄い眉、つんと尖《とが》った小さな鼻、そして、やや大きめの口。特徴的なそれぞれのパーツが、美醜を超えた妖艶《ようえん》さを漂わせている。

「お待たせして、ごめんなさい」

「構わないよ。それでどうだい、もう一軒、行くだろう?」

「それが、今夜はどうしても外せない用事があって」

「これから？　もう九時過ぎだよ」

「ＭＲの仕事がどんなものか、先生はよくご存じでしょう」

媚《こび》を含んだ目で見つめられると、牟田は何も言い返せなくなる。酔いも手伝って、フワフワと宙を泳いでいるような気分になるのだ。

今日も、気がつくと店を出て、人通りの少ない路地を歩いていた。すぐ横に郁美がいる。一応、仕事だから、服装は地味なスーツである。道を渡りさらに進む。あと少しで大通りに出てしまう。

火照《ほて》った体をどこかで冷まさねば。とてもこのまま家には帰れない。

「なあ、郁美、ほんの少しでいいんだ。三十分だけ……」

郁美は「ダーメ」と言いながら、首を振った。暗いので表情までは見て取れない。牟田にできるのは、ため息をつくことだけだ。

「判ったよ。それで、今度の講演会のことだけど……」

言い終わる前に、郁美の携帯が鳴った。牟田の前だというのに、郁美はいつもと同じ事務的な口調で答えた。

「はい、足立です。お世話になっております。ええ、大丈夫です」

打ち合わせの日取りを決めているらしい。空いた左手でペンを取り、携帯を持っている右手の手首に文字を書き始めた。日程と場所のようだ。左右どちらでも字が書けると、彼女が自慢していたことを思いだした。

携帯をしまうと、郁美の表情から妖艶さは消えていた。

「来週また、うかがいますから」

「……ああ」

「先生、今夜はありがとうございました」

郁美の香りが薄れていく。はっとして見回すと、彼女の姿はどこにもなく、だらしなくシャツをはだけた中年の男が、夜道に立っているだけだった。

顔を上げると、遙か前方にある立体駐車場の建物が目に入った。

接待などで酒を飲む日は、あそこに車を駐めていたはずだ。仕事の都合で翌日車がいるときは、駐車場で一服して酔いを醒ます。いつかそう言っていた。あそこへ行けば、郁美に会えるかもしれない。

フラフラと一歩踏みだしたところで、我に返った。何をやっているんだ。これではストーカーじゃないか。と同時に、家にいる妻や高校生になった娘の顔も過《よぎ》る。家に帰る気にはならない。

牟田は、自分の居場所を探し、街の華やかな光を目指して歩き始めた。

三

篠塚努《しのづかつとむ》はあくびを噛み殺し、腕時計を睨《にら》んだ。午後九時四十分。勤務は始まったばかりだ。

立体駐車場一階にある警備員詰所で、出入庫をチェックするのが仕事だ。車の出入り自体は、発券機と自動で上がり下がりするバーで管理されているが、たまに機械の不具合が起きたり、操作方法が判らない利用者がいたりする。そんなときは警備員の出番だ。

周辺に大病院が三軒ある関係で、昼間は常に満車となり、警備員三人が常駐する。一方、利用者が少ない深夜から明け方にかけては原則二人勤務なのだが、経費節減、人手不足などの影響か、最近は一人勤務が常態化している。

篠塚は四年前まで大手自動車メーカーに勤務していた。営業ひと筋、出世とは無縁ながら、張りのある日々を過ごしていた。それが業績不振のあおりでリストラされ、家族のため職安に通い詰めた。若いころ柔道をやっていたのが幸いして警備会社での仕事は得られたが、車を売っていた者が駐車場の番とは、皮肉な巡り合わせだ。笑うに笑えない。

人の気配に、篠塚は通りの方を見やる。照明の中に姿を見せたのは、業界大手スフラン製薬に勤める足立郁美だった。周辺に病院が多いせいか、いくつかの製薬会社が、営業車用に駐車区画を借り上げている。彼女はほぼ毎日利用しており、乗って帰れず一晩駐めっぱなしにすることもしばしばであった。今夜も接待の帰りなのだろう。

篠塚の胸は年甲斐もなく高鳴った。

利用者は警備員詰所前の歩道を通って出入りする。通り過ぎる際、郁美はこちらを向いて微笑《ほほえ》んだ。手袋をした右手には、封を切っていない煙草の箱がある。

篠塚は小窓を開け、顔をだして言った。

「足立さん、上で一服するんなら気をつけてくださいよ。前みたいなことになったら大変だ」

「大丈夫よ。心配してくれて、ありがと」

郁美は振り返りもせず、エレベーターの方へ向かう。

やれやれ。肩をすくめて椅子に戻る。それでも、建物内に郁美がいると思うと、かすかに心が浮き立つ篠塚であった。


薄く開けた扉の隙間から、高いヒールの足音が聞こえた。是枝はゲラを袋に戻し、ライトを消す。ゲラ校正は、はかどっている。この調子でいけば、明朝までに完了するだろう。ほぼ予定通りだ。

耳を澄ましていると、足音はぴたりと止まり、北側の鉄のドアを開け閉めする音が響いた。是枝は周囲を見渡しながら収納庫を出た。一階以外に防犯カメラがないことは確認済みである。重い布袋を提げ、非常口と書かれたランプを目指す。

ドアの前に立ち、ゆっくりとノブを回した。非常階段の暗さに目が慣れるのを待ちつつ、外の様子をうかがう。

郁美は階段手前のわずかなスペースに立ち、火のついていない煙草をくわえ、手すりから身を乗りだすようにして、下を気にしている。何か落としたのだろうか。

ドアを大きく開けると、郁美はすぐに気づいて顔をこちらに向けた。驚愕と恐怖が一瞬交《こう》錯《さく》した後、人を見下すようないつもの薄笑いに変わった。

「びっくりした。十時の約束でしょう?」

「急な仕事が入ってね。あまり時間がない」

是枝は後ろ手でドアを閉め、わざと目をそらす。

郁美はくわえた煙草を箱に戻した。

「白衣のままで……あなたらしくもない。ここまでどうやって来たの?」

「歩いて。警備員には怪訝《けげん》な顔をされたがね」

「それで? 話したいことって何?」

是枝が無言なので、郁美は焦《じ》れた様子だ。

「返答次第では、あなたの病院に乗りこむつもりよ。指輪だって、ちゃんとしてきたわ。付き合い始めて五年、あなたが私にくれたただ一つの贈り物よ。病院の警備員とひと悶着《もんちゃく》起こして、このイニシャル入りの指輪を玄関に投げつけてやるの。そのあと、あなたの医局へ行って……」

郁美と初めて会ったのは十五年前。新人MRとして、何度か顔を合わせた。その後、是枝は現在の聖南総合病院に異動、彼女の名前すら記憶から消えていた。五年前、郁美が聖南に近い大戸《おおと》医療センターの担当となり、偶然再会したのだ。

いまにして思えば、軽率だった。当時は妻との間がきしみ始め、精神的にも大いに揺らいでいた。郁美はその隙間に入りこんできたのだ。

階段を下り、踊り場に立つ。郁美を見上げた。

「君の勝ちだ」

郁美は半信半疑の様子だ。その場を動かず、手袋をした手で手すりを握り締めている。

「一緒になって十年、妻との仲は冷え切っている。これ以上続けても、意味はない。明日、院長にすべて話すよ。そうなると、もう病院にはいられない」

前方に聖南総合病院の巨大な建物が見える。

郁美が一段、ステップを下りた。そうだ、その調子だ。

「いや、医師を続けていくこともできるかどうか……」

「心配ないわ」

郁美が一気に階段を駆け下りてきた。是枝の両肩を引き寄せる。力強い抱擁《ほうよう》だった。郁美がこうした熱い感情を見せるのは久しぶりで、是枝もつい彼女の背に両手を回してしまった。抱擁は一分ほど続いただろうか。郁美の方から身を離し、こちらに背を向けて、手すりに両腕を乗せた。肩が心なし震えているように見えた。これもまた、彼女らしからぬ態度だ。人前では絶対に弱みを見せない女なのに。

　是枝は冷めた目で郁美の背中を見やる。大人しく、私に従っていればよかったのだ。脅迫まがいのやり方で結婚を迫るなど……。

　ふいに郁美が振り返った。

「私がそんなことさせないから。有力なコネがあるの。あなたも知っているでしょう、私の頼みを断れない人はたくさんいるのよ。あなたは、もっともっと上に行ける。聖南どころか、ずっと大きな病院にだって……」

　是枝は郁美を突き飛ばした。ふいを衝《つ》かれ、彼女は後ろに倒れこんだ。呆然と目を見開いて、是枝を見上げている。その時点で、既に布袋から鉄棒を引きだしていた。タオルを巻いた方を、郁美の側頭部に振り下ろす。鈍い手応えとともに、郁美は意識をなくしたようだ。二度、三度と殴りつけた後、首筋で脈をみる。絶命したことを確認し、鉄棒のタオルを外した。どす黒い血が染みたタオルはゴミ袋に入れ、口を固く縛って布袋に放りこむ。

　遠くに救急車のサイレンが聞こえた。近隣の三病院とも夜間救急があり、サイレンはもはや日常の一部となっている。

　遺体の右手袋を取った。薬指に、金色に光る指輪がはまっている。皮膚に傷をつけぬよう、慎重に抜いていく。

　あと少しというところで、是枝は手を止めた。救急車のサイレンが妙に近い。どの病院に向かうにしろ、大通りを行くはずだが……。そこで気づいた。大通りの上り車線が、夕方から渋滞していたらしい。それが下り車線にも波及したとすれば、たとえ救急車でも通行できないから、裏道に回っているのだろう。

指輪が外れた。ふっと息をつき、ポケットに入れる。同時に、救急車が目の前の通りを低速で過ぎていった。

向かいにあるマンションの一室に明かりがともった。ガラス戸が開き、ベランダに男が出てくる。サイレンに驚いたのだろう。男がいるベランダは、是枝の真正面だ。階段付近は暗く、遺体に気づかれる心配はないが、手すり越しに目撃される恐れはあった。布袋に鉄棒を入れ、上体をかがめ這うように階段を上った。ドアを抜け、駐車場に戻る。袋を体の前で抱き締めるようにして、大きく息をついた。たぶん目撃されてはいない。サイレンは既に遙か向こうに遠ざかっていた。

二分待って、ドアから外をうかがった。さっきの部屋に明かりはついているが、ベランダに人の姿はない。是枝は思いきって外に出て階段を下り、遺体に駆け寄る。右手に手袋をはめ直そうとしたが、広がっていく血だまりに触れて親指から人差し指にかけて血がついていた。手袋をつけると、かえって不自然だ。

どうしたものかと首を捻ったとき、右手首に何やら書きつけてあることに気づいた。暗い上に細かい字で、目を細めても読み取れない。郁美の手袋をいったん置くと、是枝はズボンのポケットからカード型ルーペを取りだし、かざした。油性のペンで「6—15—市」と米粒ほどの字で書かれている。郁美が電話をかけながら手首にメモする癖を、是枝は思いだした。

6は六日、15は十五時、市とはおそらく隣町にある市川病院のことだろう。

是枝自身にはまったく関係ない。安堵しつつ、ルーペをしまう。そして手袋を取り、遺体のすぐそばに置いて立ち上がった。手袋については妙案が浮かばない。しかし、この程度のことであれば何とでもなるだろう。

再び階段を上って、非常口の前に缶コーヒーの中身をこぼした。缶を階段に向けて転がす。缶は階段の中ほどまで転がり、止まった。

駐車場に戻った是枝は白衣を脱ぎ、丸めて袋に入れた。

改めて駐車場内を確認し、エレベーターを挟んだ反対側にある南階段に急ぐ。ドアを開け、足音に気をつけながら駆け下りた。ステップも手すりも金属製なので、ちょっとしたことで大きな音がする。

三階の踊り場で止まる。袋から鉄棒を取り、心の内で十、数えた。棒を階段の中ほどに放ると、十二段あるうちの七段目に先端が当たり、派手な音をたてた。棒は衝撃で回転し、手すりをこするようにして二階に転がった。是枝は棒を回収し、一階まで下りて様子をうかがう。案の定、詰所から警備員が飛びだし、ためらうことなく北階段へ走っていった。

是枝は一階の防犯カメラに映らぬよう注意しつつ、詰所の前を通り過ぎる。その奥にあるドアは警備員など関係者専用の出入口で、そこにはカメラがない。表に出て左右に人影がないことを確認し、是枝は大通りへ急いだ。少し回り道をして、血のついたタオル、白衣、手術用手袋などを数軒のコンビニに分けて捨てる。指輪を公衆トイレに流してしまうと、残ったのは布袋と鉄棒だけになった。

自販機で缶コーヒーを買い、病院裏手の関係者専用口に立つ。ＩＤカードをセンサーにかざすと、電子音がして解錠された。夜間救急もあるので、病院内にはかなり人がいた。挨拶《あいさつ》してくる者もいる。

是枝は廊下を抜け、業者専用駐車場へ出る。その先は廃材の集積場だ。先月から西病棟の外装工事をやっており、可燃、不燃を問わず普段以上のゴミが積まれていた。明日、委託業者が収集に来る。鉄棒を紛《まぎ》れこませて是枝は建物内に戻り、ゲラを丸めて左手に持った。ゲラを持ち歩いていても、院内では別に目立たない。空になった布袋は、院内のゴミ入れに放りこんだ。エレベーターに乗り、部長室に戻ったときには、身も心も軽くなっていた。

ゲラと缶コーヒーをデスクに置いた。上着を脱いでロッカーに戻すと、棚から替えの白衣をだしてはおる。椅子に坐り、今日の手順を振り返った。

手袋をはめ直せなかったことは気になるが、致命的なミスではない。ここから先は警察の出方を見るしかないだろう。

ゲラ校正にかかるべきだが、さすがに気分転換が必要だった。缶を開けコーヒーを一口飲むと、是枝はパソコンを立ち上げる。久しぶりにネットでチェスの相手を探してみよう。今夜は頭が冴えている。負ける気がしなかった。

四

機動鑑識班の二岡友成《におかともなり》は、手すりの向こうに広がる夜景に目を凝《こ》らした。駐車場周辺に、高い建物はほとんどない。目立つのは、三方にある病院の建物だ。それぞれ広大な敷地を有し、七階から十階建ての建物が数棟ずつ。良い景観とはお世辞にも言えないが、三つの病院のおかげで市の人口が増えているというデータもある。住宅街やマンションの中でひときわ威容を誇っているのは、つい最近二岡も世話になった聖南総合病院である。退院して一週間。まったくひどい経験だった。

もっとも、僕を見舞いに来て、もっとひどい目に遭《あ》った人もいるけど。そのことを思い返すと、つい笑みが浮かんでくる。いったい何をどうしたら、病院に一晩閉じこめられるなんてことになるんだろう。それも、死体や犯人と一緒に。噂によると、最初は犯人だと思われたらしい。自分は刑事だと言っても、誰も信用しなかったとか。

まあ、当然だよな。それにしても……。

「あら二岡君、何かいいことがあったの？」

ふいに声をかけられ、二岡は飛び上がった。

「あ……あ、福家《ふくいえ》警部補」

「体の方は、もう大丈夫？」

「はい。昨日から復帰しています」

復帰二日目にして福家警部補の現場かよ……。退院以来の高揚感が吹き飛んだ。

福家は四階に立《た》って、踊り場の遺体を見下ろしていた。まだ現場検証中で、しきりに写真のフラッシュが焚かれている。

「ごめんなさい、少しの間、遺体から離れてくれる？　すぐに済むから。それで、身許は判っているのでしょう？」

質問は二岡に向けられたものだった。二岡はメモを見ながら報告を始める。

「被害者は、足立郁美、三十八歳。スフラン製薬のMRだそうです」

「Medical Representative――医薬情報担当者ね。ふうん。どうしてこんな場所にいたのかしら」

「この駐車場をよく使っていたようです。スフラン製薬は外資系で、MRには自家用車を業務に使用することが認められています」

「ドアの向こうに駐まっていたBMWかしら」

「はい。指紋などを採取しています」

「彼女がここを利用していたのは判ったけれど、どうして非常階段に？」

「警備員の話では、酔い醒ましにここで一服することがあったそうです。時には、そのまま車の中で寝ていたとか」

福家はゆっくりと階段を下り、遺体に近づいていく。頭部を中心にしてどす黒い血だまりができていた。

「側頭部に深い傷……」

「状況から見て、階段から転落したようですね。頭部以外にも、背中と腕に打撲痕《だぼくこん》があります。四階で一服しようとして空き缶を踏み、転落した。不幸な事故でしょう」

「あそこにある缶ね」

福家は、階段の中ほどに転がった缶を指す。

「もともとは非常口を出たところに転がっていたようです。中身がこぼれていましたから」

福家の目が、遺体脇に落ちている手袋に留まった。

「この手袋、最初からこの状態？」

「もちろんです。動かしていません」

「どうして右だけ外したのかしら」

福家は腹這いになって、落ちている手袋にギリギリまで顔を近づける。

「うーん」

「警部補、服が汚れますよ。吹きさらしの階段ですから、かなり砂埃が……」

福家の耳には届いていないようだった。

「右手の指に血がついているわ。たぶん被害者自身の血ね。転落後、しばらく被害者が生きていた可能性は？」

「ありません。ほぼ即死と思われます」

「手首に何か書いてあるわね」

「意味は不明ですが、スーツのポケットに油性のペンがありました。そのペンで、被害者自身が書いたものと思われます」

「そう……」

福家は手首に記された小さな文字列をしげしげと見た後、顔を上げた。

「ほかに被害者の持ち物は？」

「手ぶらだったようですから、おそらく車の中に……」

「これ」

福家は遺体の下を指さす。「煙草の箱みたい」

「確認済みです。ポケットから転がり出たものかと」

「触ってもいいかしら」

二岡はカメラを手にした鑑識課員を見る。相手がうなずいたのを確認し、手でＯＫマークを作って掲げた。

福家は煙草の箱を引っぱりだし、縦、横、斜め、あらゆる角度からチェックする。

「封は切ってあるけれど、中身は一本も減っていない。開封したばかりだったようね」

「一階の警備員に確認したところ、被害者が建物に入ってきたとき持っていたのは、煙草の箱だけだそうです」

福家はうつむき加減になって封を切る仕種《しぐさ》をしている。

「エレベーターを降りて封を切る。ドアを開け、外に出る。そこに缶が転がっていて、気づかなかった被害者は……」

大きく右足を振り上げて、万歳のポーズを取った。転倒を表現したいようだ。「足許注意」の看板に、そんなシルエットが描いてあったな。そんなことを思いだし、二岡はまた笑いをこらえきれなくなった。

「二岡君」

「は、はい！」

笑いを呑みこむ。

「この煙草、一番手前の一本に口紅がついている」

「え？」

福家の手許をのぞきこむ。なるほど、吸い口に鮮やかな赤い色がついている。

「被害者の口紅と同じ色ですね」

「調べておいてくれる？」

そう言って福家は、四階を見上げる。

「福家警部補！」

下から鑑識課員が呼びかけてきた。

「何？」

のぞきこんで手すりに身を預ける恰好になり、小柄な福家の両足が宙に浮いた。二岡は慌てて駆け寄る。

「ちょっと、警部補、危ないですよ」

「大丈夫よ。何か見つけたの？」

さらに身を乗りだそうとする。

二岡は困り果てていた。足を持つわけにはいかないし、腰を押さえるのもどうかと思う。両肩を押さえると、体が密着しすぎるし……。

「いま、持っていきますから」

危ないと感じたのだろう、間もなく鑑識課の制服を着た小太りの中年男性が息を切らして階段を上ってきた。証拠品袋に入った紙片を受け取り、福家は明かりにかざす。

「かなり皺《しわ》が寄っているけれど、この周辺の地図ね。どこにあったの？」

「風に飛ばされたんでしょう。階段下の地面に落ちてました。いや、もうゴミだらけでしてね。新聞、雑誌から、弁当の食べかけ、古いラジカセや自転車のサドルまで。片っ端から調べていますが、大変な作業ですよこれは」

そう言って鑑識課員は戻っていった。二岡は福家の背後からのぞきこむ。

右上にスフラン製薬・足立郁美と印字され、地図の中心にある立体駐車場から聖南総合病院まで、赤い線が伸びている。

「変ですね。病院はここから大通りに出てすぐですよ。地図を用意するほどではないし、この赤いライン、すごく回り道してます」

「赤のラインは病院東側の路地に入っている。これは、正面玄関以外の出入口を示しているのではないかしら。被害者はMRだったわね。業者専用の駐車場や出入口があるのかも」

「そうか。ここから大通りに出て路地に入るとなると、右折することになる。交通量の多い通りを信号のないところで右折するのって、大変ですよね」

「だから、少し回り道になるけれど、信号機のある場所で右折する道筋が描いてある。スムーズに路地に入れるわ」

「几帳面《きちょうめん》だなぁ」

「事故のリスクを減らすために会社側から指示されているのかもしれない。それより二岡君、私はこちらの書きこみの方が気になるわ」

福家の細い指が地図の右端をさした。R・G・Yとボールペンの走り書きがある。

「これは何かしら」

「うーん。薬の符牒《ふちょう》ですかねぇ」

「被害者は聖南総合病院の担当ではなかったのかしら。担当だったら、地図は持ってこないだろうし……」

「確認が取れたわけではないですが、聖南は担当していなかったようです。この駐車場を挟んだ反対側にある、大戸医療センターを担当していたようで」

「となると、なぜ彼女はこの地図を持っていたのかしら」

福家は地図を持って四階に戻っていく。

「ここから非常階段に出る。煙草をだそうとしたとき、地図が落ちて風に飛ばされる……」

そこで動きを止めた福家は、振り向いて駐車場に通じるドアを見つめた。

「うーん」

待機していた鑑識課員から声がかかった。

「もう始めてもいいですかね?」

福家は眉間《みけん》に皺を寄せたまま右手をヒラヒラさせた。二岡が代わって答える。

「はい、けっこうです。始めてください」

福家は無言でドアを開け、奥へ消えた。

二岡はそっとため息をついた。単純な事故だと思っていたが、この調子ではそうもいかないようだ。手術の傷痕がシクシクと痛み始めた。

五

篠塚努は、駐車場の出入口に立って、慌ただしく行き交う警察官たちを眺めていた。十五分ほど前、ここで待てと警官に言われたが、誰も自分に目を向けようとしない。本当は家に飛んで帰り、強い酒をあおりたい気分だった。

踊り場に倒れた足立郁美の遺体。アメーバのように広がっていく血の動きが、まだ瞼《まぶた》の向こうに残っていた。郁美とは週に何度か挨拶する程度の間柄で、会話らしい会話をした記憶はない。それでも、赤の他人とは違う。ほんの少し前、元気に篠塚の前を通り過ぎていった彼女が、まさかこんなことになるなんて……。

「あのぅ……」

ふと気がつくと、すぐそばにスーツ姿の小柄な女性が立っていた。

「ご気分が悪いようでしたら、詰所の中に入って休まれては？」

何者かは知らないが、この緊迫した場には不似合いな女だ。篠塚はあちこちに張られた立入禁止を示す黄色いテープを見つめながら言った。

「あの中も、いろいろ調べることがあるそうでね。ここで待てって言われてるんだ」

「あら、詰所の調べはもう終わったと聞きましたけれど。どうです？　お入りになりませんか？」

いったい何なんだ、この女は。お入りになりません？　って、自分の家じゃないんだからな。篠塚は苛立《いらだ》ちをそのままぶつけた。

「あんた、ここの様子を見りゃ判るだろ？　いま、大変なんだよ。警察の許可もなく勝手なことをしたら、俺が怒られるんだ。下手したらクビだ」

「そんなことには、ならないと思いますが」

「何であんたにそんなことが判るんだ。あんたは、ここの責任者か？」

「ええ、責任者です」

怒りが頂点を超えると声も出なくなることを、篠塚はいま知った。荒い息を吐く篠塚の顔を、女性は心配そうにのぞきこんできた。

「大丈夫ですか？　やはり詰所に入られた方が……」

そこへ制服警官が通りかかった。

「警部補、どうかされましたか？」

警部補？　篠塚は怒りも忘れ、目の前の女性を見る。彼女は肩にかけたバッグから、警察バッジを取りだした。

「警視庁捜査一課の福家と申します」

階級は警部補とある。篠塚は福家本人ではなく、彼女の横にいる制服警官にきいた。

「この人が、ここの責任者なのかい？」

「はい」

警官は敬礼をすると走り去った。篠塚は気まずさでいっぱいになりながら、肩をすぼめるほかなかった。

「いや、あの、まさか、あんたみたいな人が警部補だなんて思わないから……そのぅ」

「気にしないでください。よく言われることですから。それより、中に入って休まれませんか？」

「いや、大丈夫、大丈夫」

「実は、いくつかおききしたいことがあるのです。それが終わったら、仕事に戻っていただいて構いません」

「ああ、だったら、何でもきいてくれ」

「では、遺体発見時の状況を聞かせてください」

「上でさ、ガチーンって凄い音がしたんだよ。それで、ああ、やっちまったぁと思ってね。飛びだしたわけさ」

「その音というのは?」

「階段に何かがぶつかる音だよ。ガツーン、ガツーンって二度か三度」

「あなたはその音を、足立さんが転落した音と考えられた」

「そう」

「どうしてです? どうして音だけで、そう判断されたのです?」

「あの人さ、酔っ払ってここに来ては、階段のところで煙草を吸ってたんだよ。前にも一度、派手に転げ落ちてね。まぁ、そのときは足の捻挫《ねんざ》だけで済んだけど」

「そんなことがあったのですね」

「だから、顔を見るたびに、気をつけてくれって声をかけてたんだ。だけど、こんなことになっちゃって……」

「もう一つ。音を聞いたあなたは、詰所を飛びだし、階段を駆け上がった。そして、踊り場で倒れている郁美さんを見つけた」

「そう。亡くなっているかどうかまでは判らなかったけど、血も見えたし、慌てて駆け戻って、救急車を呼んだ」

「携帯電話を使わなかったのは？」

「仕事中は、携帯使っちゃいけないのよ。ロッカーに入れておけって言われてるんだ」

「なるほど。では、詰所が無人だったのは……」

「一分あるかないかくらいだろうね」

「どうして北階段へ向かわれたのです？」

「え？」

「階段は北と南にありますね。南ではなく、北へ向かったのはなぜですか」

「さっきも言ったけど、足立さんのことを気にかけていたからだよ。あの人はいつも北階段の四階で煙草を吸う。あのとき、建物内には彼女しかいなかったんだ」

「なるほど。そんなとき、階段で物音がした」

「当然、彼女に何かあったと思うだろう？」

「判りました。おききしたいことは、以上です」

「ということは、仕事に戻ってもいいの？」

「はい。防犯カメラの映像を確認したいのですが、それは警備会社に直接連絡します」

「あぁ、そう……」

篠塚はうなずきつつも、その場を離れられなかった。一つ気がかりなことがあったからだ。

「大丈夫ですよ」

　ふいに警部補が言った。

「え？」

「今回の件、あなたに責任はありません。その辺は私の方からきちんと伝えておきますから」

「……そうしていただけると助かります」

「迅速な通報のおかげで、捜査がしやすくなりました。ありがとうございます」

「いや、礼を言われるほどのことは……」

「あ！」

「な、何です？」

「もう一つ、いいでしょうか」

「何でもどうぞ」

「この建物のすぐ外にある自販機に、お汁粉は入っていますか？」

六

是枝はモニター上のチェス盤に目を凝らし、次の一手を待っていた。対戦相手は米国イリノイ州の男性である。

携帯が鳴った。多々良製薬の鈴木からだ。

「一応お知らせしておこうと思いまして」

思わせぶりな調子で鈴木は言う。

「いったい何だね？」

「スフラン製薬の足立、ご存じですよね」

「足立？　ああ、前の病院にいたとき、担当だったよ」

「彼女が亡くなったようなんです」

「亡くなった……？　まだ若いだろう？」

画面に動きがあった。相手のクイーンが是枝のビショップを取った。

「病気じゃなくて事故らしいんです。ほら、先生の病院の近くにある立体駐車場」

「君がよく利用しているところだね」

「そこの階段から落ちたとか。空き缶を踏んでバランスを崩したって話です」

「気の毒に……」

是枝はルークで相手のビショップを取り、checkmate と宣言した。その瞬間、対戦相手は挨拶もせずにログアウトした。

失敬なヤツだ。是枝は通話に注意を戻す。

「足立君とはこの病院に来てから会っていないんだ。彼女の担当は大戸医療センターだったんじゃないかな」

「はい、一応ご報告までに。では」

携帯をデスクに置く。顔を上げると、開いたドアから女の顔がのぞいていたので、さすがの是枝も声を失った。女は悪びれた様子もなく部屋の中を見回している。

髪はショート、縁なしの眼鏡をかけ、顔立ちは地味な方だ。是枝は一度会った者の顔は忘れないが、記憶にない顔だった。時間を考えると、事務員ではない。患者である可能性もゼロ。納得のいく解答を導きだせず、是枝は立ち上がる。

「何かご用ですか?」

女はぺこんと頭を下げ、猫のような身のこなしですると部屋に入ってきた。

「こんな時間に申し訳ありません。お仕事中でしたか?」

「いや、息抜きにネットでチェスをしていた。それより、君はまだ私の質問に答えていない」

是枝は受話器に手を伸ばす。返答次第では警備員を呼ぶぞ、と威嚇《いかく》するためだ。すると女は肩にかけたバッグを漁り、黒い手帳のようなものを引っぱりだした。

「警視庁捜査一課の福家と申します」

是枝は目を細め、警察バッジを隅々まで確認する。捜査一課所属であることは間違いなく、階級は警部補だ。名前は……聞き覚えがある。福家というと、十日前の事件で死体と一緒に閉じこめられた刑事ではなかったか。

「君の名前は聞いているよ。もしかして、十日前のことで？　私はそのとき出張で海外にいたから、何も知らないが」

「いえ、十日前の件は解決しています。その節はお騒がせしました。あんなことになるとは思ってもいなかったので……。あれ以来、もっと刑事らしく見えるようにしろと同僚からも強く言われています。眼鏡をサングラスに替えたりしてみたのですが、かえって評判が悪くなりました」

「ならばどうして君はここにいる？」

「実は、この近くで事件がありまして」

「事件？　もしかして、足立郁美さんの件かな」

福家は目をぱちくりさせた。

「どこからお聞きになりました？」

「たったいま電話で、知り合いのMRが教えてくれたんだ。前の病院にいたときは足立君が担当で、いろいろと世話になった。連絡をくれた者は事故死だと話していたが、君は事件と言ったね」

「はい。一見事故のようですが、少々引っかかる点があるのです」

「ほう。それは……」

「先生は煙草を吸われますか？」

福家はデスクの上に視線を走らせた。

言葉を遮《さえぎ》られたことに苛立ちを覚えたが、そうした感情を抑えこむ術《すべ》は心得ている。

「いや、吸わない。院内は完全禁煙だし、私はいわゆる嫌煙家だ。煙草は良くない」

小さくうなずく福家の様子に、是枝はかすかな不安を覚える。

「私が嫌煙家であることに、何か問題が？」

「いえ、そういうわけではないのです」

何とも摑《つか》みどころがない。過去、何千人もの患者を診《み》てきたが、こうしたタイプは初めてだ。

「君は私が煙草を吸うか吸わないかを確かめに来たのかね？　まさか病院中きいて回るわけではないだろうね」

「とんでもない」

「ならばどうして私のところに？」

福家はバッグをゴソゴソとやり始める。

「えーっと、ここに入れたはずだけれど……あ！」

取りだしたのは、ビニール袋に入った紙切れだった。袋ごと是枝に突きつけてくる。

「これは現場近くに落ちていた地図です。上に足立さんの名前があり、駐車場からここ、聖南総合病院までのルートが書きこまれています」

郁美がそんなものを持っていたとは知らなかった。是枝ははっと思い至る。ドアの隙間から様子をうかがったとき、郁美は下をのぞきこむような姿勢をとっていた。あのとき、風か何かで地図が飛ばされ、その行方を追っていたのかもしれない。だが、それ自体は大したことではない。是枝は気を取り直し言った。

「MRだったら、地図を持っていても不思議はないだろう?」

「ですが、彼女はこちらの担当ではありません。なぜ地図を持っていたのかは疑問です。それよりも、ここを見ていただけますか」

福家は、地図の右端を指で示す。

「R・G・Yとあります。これが何のことか気になりました」

是枝は一瞬、凍りついた。気がつくと、福家がじっとこちらを見ている。

「どうかなさいました?」

「いや。……R・G・Y。薬か何かの略称かな」

「私も最初そう思ったのです。薬の知識はありませんから、専門家のご意見をうかがおうと思っていたのですが……」

福家は言葉を切り、にこりと笑う。

「こちらの正面玄関を見て、すぐにピンと来ました。これは色を表す頭文字です」

「色……Rはレッド。Gはグリーン。Yはイエロー」

「その通り。先生ならもうお判りですね」

「案内表示の矢印の色か」

「院内は広く、通路も入り組んでいますから、慣れないとなかなか目的の場所に行き着けません。十日前、私が迷いこんだのも、現在地が判らなくなったからで……」

「そうしたことを防ぐため、うちは通路に色分けした矢印を表示している」

「はい。例えば耳鼻科の待合室へ行こうとすると、まず内科に通じる緑の矢印を進み、途中で眼科の黒に乗り換え、最後は耳鼻科を示す青色の矢印に沿って進みます。では、足立さんが書いていた、赤、緑、黄色の順で進むとどうなるか」

「皮膚科」

「はい。皮膚科の待合室に着きました。誰もいらっしゃらないと思っていたのですが、こちらに明かりがついていたものですから……」

「顔をだしてみた。そういうことか」

福家は微笑むと、またぺこんと頭を下げた。

「どうもお邪魔しました」

入ってきたときと同様、猫のようなしなやかさで、福家は音もなく廊下へと消えた。

是枝は手を後ろで組み、窓際に歩み寄る。郁美の墓標とも言うべき立体駐車場が見えた。

覚悟はしていたが、何事も計画通りにはいかない。

福家という刑事の真意は判らず、思わぬ展開を迎えるかもしれないが、是枝の心は浮き立っていた。困難は大きければ大きいほど面白い。

七

牟田真紀夫は、鬱々とした気分を引きずって、夜の街をさまよっていた。郁美と別れてから、行きつけの店で飲んだ。華やかで、贅沢《ぜいたく》なひとときだった。にもかかわらず、一向に気分は晴れない。

電話してみようか。携帯を操作し、郁美の番号を表示する。彼女はいま、何をしているのだろう。いや、誰と一緒にいるのだろう。

他の男と……。通話ボタンに指が伸びるが、結局、押す勇気は出なかった。携帯をしまい、ため息交じりに歩きだそうとしたとき、屈強な男二人に挟まれた。

「牟田さんだね」

「な、何だ、あんた……」

学生時代、キャッチバーに迷いこんで、ごつい男たちに囲まれたことがあった。肩が触れた触れないで、チンピラ風の男に因縁をつけられたこともある。

この二人は、どちらとも違う。圧倒的な威圧感と落ち着きがあった。

「手早く済ましたいんだ」

一人が言い、もう一人が警察の身分証を突きつけてきた。二人とも、所轄強行犯係の刑事だった。

「え……？　警察？」

一人が前を行き、もう一人に後ろから小突かれながら、牟田は路地裏に駐まった黒塗りの車の前に連れてこられた。前の男が後部ドアを開ける。

「乗ってください」

「え……」

牟田は両足を突っ張り、抵抗する。後ろの刑事が両手で肩を抱き、妙な猫撫《ねこな》で声で言った。

「どっかに連れていこうってんじゃない。ちょっとだけ、話を聞かせてもらいたいんだ」

「は、話って？」

声が裏返ってしまった。

「中の人にきくんだな」

半ば無理やり、車に押しこめられた。

後部シートに、先客がいた。車内が暗いため、顔立ちはよく判らないが、小柄な女性のようだ。縁なしの眼鏡をかけている。

ドアが閉まり、女性と二人だけになった。お互いの距離は数十センチしかない。牟田はドアに背を押しつけ、少しでも距離を取ろうとした。

「牟田さん。旧石基《きゅうせつき》医療センターの外科医でいらっしゃる」

澄んだ心地よい声であったが、言葉に力があり、自分が非難されているような印象を受けた。牟田が答えずにいると、女性は警察バッジを突きつけてきた。

「警視庁捜査一課の福家と申します」

顔写真は確認したが、その他は暗くてよく見えなかった。いずれにせよ、屈強な男たちを従える力があるのだ。階級は警部、いやもっと上かもしれない。

「それで……僕に何の用でしょうか」

「足立郁美さんをご存じですね」

ここで郁美の名前を聞くなんて、まったく予想外だった。

「郁美……いえ、足立さん、スフラン製薬の足立さんですよね。ならよく知っています」

「今夜、ご一緒でしたよね」

心臓の鼓動が倍加した。混乱し、思考がまとまらない。牟田はとりあえず、うなずいた。

福家は暗がりで手帳をだし、ページを繰《く》った。

「『月光』という料理店に、午後九時半までいらした。その後はどうされましたか」

「どうって……。彼女とはそこで別れて、しばらく街をぶらついて、行きつけの店で飲みました」

「お店の名前は？」

「一軒目が『嵐』、二軒目が『K』」

既に調べがついていて、確認を取っているだけなのか、これから裏付け捜査をするのか、福家の様子からは判断できなかった。福家がパタンと手帳を閉じる、その音だけで牟田は飛び上がった。その後、しばしの沈黙があり、緊張が耐えられないレベルに達したとき、福家は口を開いた。

「足立さんとのご関係をおききしたいのです」

文字通り、目の前が真っ暗になった。失神するのではないかと思った。吐き気と目眩《めまい》を覚え、ウインドウに額を押しつける。ひんやりとした感覚に、少し救われた。できれば外の空気を吸いたい。だが、福家はこちらの状態など意に介していないようだ。眼鏡の奥から、冷たい視線を感じた。

「か、関係って、医師とMR、それだけですよ」

「足立さんがあなたの担当になって二年。その間、スフラン製薬の医薬品の新規採用が増えていますね」

「それは僕の独断ではありません。ちゃんと院内の審査会にかけて……」

「旧石基医療センターは三年前、産婦人科が医療ミスを起こしていますね。無痛分娩《ぶんべん》をする妊婦に投与する麻酔薬の量を間違えた。妊婦はその後、帝王切開の手術を受けたけれども、麻酔が効きすぎて手術後歩行ができず、その結果、患部が炎症を起こした」

その件は一時期、世間を大いに騒がせた。産婦人科の医長が麻酔のミスを独断で握り潰《つぶ》し、事態を悪化させた。病院側の対応も悪く、謝罪が遅れるなどしたため、世間の風当たりは相当なものであった。産婦人科は閉鎖され、医長を始め何人かが逮捕された。病院全体の患者数も減っている。

「そんな状況で、スフラン製薬の取り扱い量だけが増え続けている。どういうことなのでしょう」

「い、いや、僕は……その……」

「あなた、先月だけで四回、足立さんと会われています。そのうち一回は、休日である土曜の昼間。場所は新宿のホテルです」

なぜ、そんなことまでこの刑事は知っているのだ？　まさか、郁美が喋ったのか。

「もう一度おききします。あなたと足立さんのご関係は？」

牟田は、ただ首を横に振るだけだった。

福家は言った。

「仕方ありません。これから署まで同行していただきます」

「いや、待ってくれ。そんなことになったら、家に……」

「ご家族にも連絡することになります」

「止めてくれ。郁美とのことは……」

福家は黙ってこちらを見ている。牟田の心は動転し、崩れかかっていた。

「足立郁美さんとは……その、月に一、二度、その……」

「つまり男女の関係だった」

「はい。ですが、スフラン製薬に便宜を図るとか、そんなことは、断じて……」

「足立さんについて、もう少し聞かせてください。何でもけっこうです」

「何でもと言われても……とにかく、スフラン製薬のエース的存在でした。だからこそ、大変な状態の旧石基医療センターの担当に抜擢《ばってき》されたんです。ただ、僕の口から言うのもなんですが、いい評判ばかりではありませんでした」

牟田はもう保身に走ることしか考えられなかった。

「他社のMRの評判も悪く、平然と枕営業を仕掛けるとか」

「あなたの場合のように?」

「違います。我々の関係はそんなものでは……。とにかく、噂では、証拠の写真を撮って脅迫まがいのこともやると」

「今夜のことを聞かせてください。足立さんはどんな様子でしたか」

「別に、普段と違いはなかったですけど」

「あなたと別れた後どこへ行くか、言っていましたか」

「はっきりとは言いませんでしたけど、アポがあるような口ぶりでした。駐車場で酔いを醒ましていたんじゃないですかね。彼女、どうかしたんですか?」

福家は牟田の問いを無視する。

「あらためてうかがいます。今夜の足立さんの様子で気になったことはありませんか。些細《ささい》なことでもけっこうです」

牟田は教師に試されている生徒の気分になっていた。ここで情報を提供できれば、自分の立場が多少よくなるかもしれない。そんな淡い期待が、牟田を動かしていた。

「あの……これ、どうでもいいことかもしれないんですけど」

「どんなことでも構いません」

「彼女、疲れているのか、最近もうひとつ元気がないんです。今夜も食べ物にはろくに箸《はし》をつけませんでした。酒も控えているようでしたが、今夜は久しぶりにかなり飲んでいました」

「なるほど」

福家は暗がりで何事かを手帳に書きつけている。

「ほかには？」

「えっと……別れ際に電話がありました。多分、仕事の電話です。ペンで手首にメモをしていました。気づいたことは、それくらいです」

「判りました。ありがとうございます」

福家は、音をたてて手帳を閉じる。

牟田は気になっていることをもう一度尋ねた。

「あのぅ、足立さんに何かあったんですか。どうして警察の方が？」

「足立さんは亡くなりました」

「え？」

「あなたと別れてすぐです。立体駐車場の階段で遺体が発見されました」

「そ、そんな……」

事故ですか、と言いかけて、目の前の女性が捜査一課の所属であることを思いだした。テレビの番組などで仕入れた知識によれば、一課は殺人の捜査を行う部署ではないか。

その瞬間、混乱を極めていた牟田は冷静さを取り戻した。自分自身に降りかかった災厄の正体がはっきりと理解できたのだ。

「僕はやってない」

まず口を衝いて出たのは、その言葉だった。

「たしかに、郁美と不適切な関係ではあった。だが、それはあくまで……」

「もうけっこうです。お帰りください」

福家の声はひどく冷たかった。

「いいんですか？」

「あなたはやっていない。そうなんですよね？」

「え、ええ」

「では、お帰りください」

福家はドアを指さした。開けてさっさと出ていけという意味らしい。その前に牟田は確認しておきたかった。

「僕と郁美のことが公になったりしないんだろうね？」

「あなたが直接事件に関係していなければ、情報が漏《も》れることはありません」

「なら、いいんだ」

「一つだけ忠告させていただきます。これからは、ご自分の行動に責任を持たれることですね。旧石基医療センターの医師が、あなたのような方ばかりではないことを祈ります」

福家の言葉は鋭く胸に刺さったが、いまはいちいち反論している時ではない。

「それで、僕はもう帰っても?」

「どうぞ。さっさとお帰りください」

ハエでも追い払うように言いやがって。屈辱に体が震えたが、すべては身から出た錆《さび》だ。牟田は悄然《しょうぜん》と頭《こうべ》を垂れ、外に出た。どこからともなく屈強な刑事二人が現れ、牟田には目もくれず、運転席と助手席に乗りこんだ。すぐにエンジンがかかり、車は猛スピードで走り去った。一人残された牟田は、タクシーを拾うため大通りに向かう。とりあえず、家に帰ろう。帰る場所があることが、しみじみとありがたかった。

八

朝八時、廃材を満載し門を出ていくトラックを見ながら、是枝はコーヒーを口に含んだ。病院内の売店に併設されたカフェでブラックを飲むのが、徹夜明けの儀式である。論文の校正で一睡もしていないが、疲労はまったく感じない。

外来受付の開始前であるにもかかわらず、院内は既に混み合っていた。今日は午前九時から部下二人と共に外来診療に当たる。昼食を挟んで三時前後までさらに診察、その後は病棟の回診だ。常時、十人から十五人の入院患者がおり、全員の診察を行う。それが終われば自分の時間だが、部下から相談を持ちかけられたり、同僚に助言を求められたりもする。上司の呼びだしがあるかもしれない。いずれにせよ、自分のために割ける時間はほとんどないと言っていい。

コーヒーを飲み干し、短い休息を終えた。カップを返却し、エレベーターホールへ向かいかけたとき、キョロキョロしている福家の姿に気がついた。思わず足が止まる。同時に、向こうもこちらに気づいた。

「あ、先生！」

是枝は仕方なく、やってくる福家を待った。

「昨夜はお騒がせしました」

「ここでは邪魔になる。こっちへ」

是枝は福家を薬の順番を待つ場所へ連れていった。いまは人がいない。待合のシートに坐るよう促し、少し距離を取って横に腰を下ろした。

「どうやら君も徹夜だったようだね」

「はい。最後に寝たのがいつだったか、思いだせません」

福家は真顔で言うと、あっけらかんとした様子で笑った。

この女と話しているとペースが狂う。気を取り直し、是枝は言った。

「それで、足立君の件はどうなったのかな？」

「夜通し検証作業を行いましたが、事故か他殺か、まだはっきりしません」

「階段から落ちたと聞いたが」

「落ちていた空き缶に足を取られたようです」

「彼女は酔っていたのか？」

「直前まで接待だったそうです」

「昨夜も言ったが、彼女は昔、私の担当だった。酒は強い方で、とことんまでいってしまうタイプだったな。酩酊して転んだなんて話をよく聞かされたよ」

「駐車場の警備員も同じことを言っていました。足立さんはいつも非常階段の四階で煙草をふかしながら、酔いを醒ましていたそうです。前にも一度、階段から転落したとか」

「刑事さん、私は捜査については素人《しろうと》だが、君の話を聞く限り、事故としか思えないね。他殺を疑う根拠があるのかな」

　福家の目が、わずかに輝きを増したように思えた。

「彼女がなぜ駐車場へ行ったのか、そこがよく判らないのです」

「というと？」

「接待の場所は駅前の料理店だったそうです。被害者はなぜ、わざわざ徒歩十分ほどの駐車場まで行ったのでしょうか」

「判りきっている。車に乗って帰るためだ」

「会社には直帰すると申告しています。接待後の予定はなく、帰宅するだけでした。なぜ彼女は、酔いを醒まして車で帰ろうとしたのでしょう。電車で帰れば済むことなのに」

「翌日、車を使う予定があったのではないかな」

「それも調べました。大戸医療センターに直行となっていました。電車で帰り、今朝電車で来て、病院を回った後、駐車場の車を引き取る。こうした方が、絶対に効率的です」

「効率的な仕事は美徳だと思うが、足立君には足立君なりの考えがあったのだろう。この件が彼女の死に関係しているとは思えないし、考えるだけ無駄だと思うがね」

だが、福家は怯《ひる》むことなく続けた。

「もう一点、右の手袋が外れていたことも引っかかります」

「手袋の何が、そんなに問題なんだね」

「外れていたのは右手だけで、左手はつけたままでした」

「右手だけ外すことはよくあるじゃないか。たしか、彼女は右利きだったし。いや、元々左利きだったのを矯正《きょうせい》したと言っていたかな。だから左右どちらでも字が書けると自慢していた」

「昨夜はかなり冷えこみました。冷たい風の吹く場所で、何のために手袋を外したのでしょう」

「携帯だろう。文字を打ったりするときに手袋を外すから」

「それは真っ先に確認しました。彼女の手袋は、つけたまま操作ができるものでした。念のため携帯の履歴を調べたところ、亡くなる直前、通話やメールの操作はされていなかったようです」

「そんな手袋があるとは知らなかった。一つ勉強になったよ。だが君、手袋を外したのは外に出てからとは限らないだろう？　屋内で外し、そのまま外へ。はめる暇もなく転落してしまった」

福家はこめかみを押さえ、首を傾《かし》げる。

「それは考えにくいのです」

「どうして？」

「ドアのノブに指紋がありません。警備員は、入ってきたとき彼女は両手に手袋をしていたと証言しています。右手に持った新品の煙草を掲げてみせたそうですから、間違いないと思います。いつ、どこで、何のために手袋を外したのか、それが判らないのです」

「いま、煙草と言ったな。それだよ。彼女はヘビースモーカーだった。煙草を吸うためか火をつけるためか、いずれにせよ手袋が邪魔になって外したのだ」

「これを見ていただけますか」

福家は携帯の画面をこちらに向けた。

「少し判りにくいと思いますが、足立さんが持っていた煙草です」

「封が開いているが、一本も減っていない」

「ええ。警備員は、彼女が持っていた煙草は新品だったと言いました」

「君は謎だと言うが、私には問題解決のキーに思えるね。封を切るために手袋を外したのだよ。おそらく外に出てから」

「外に出て手袋を外し、煙草の封を切ったとします。では、彼女はなぜ足許の缶に気づかず、踏んで滑ったのでしょう？　非常口を出たところは、そこそこ広さがあります。測ってみましたら、ドアから階段まで約三歩です。ドアの上に非常階段の明かりがあるので、真っ暗というほどではありません。彼女が戸口で立ち止まっていれば、転がっている空き缶は見えたはずです。逆に、もし止まらずに歩いていったのなら、わずか三歩の間に、どうやって手袋を外し、煙草の封を切れたのか」

「彼女がそこへ行ったのは、酔いを醒ますためだろう？　酔っていれば足もふらつく。一服しようとしてふらつき、缶を踏んだ。あり得ることさ」

「ええ、たしかに」

「一件落着だ」

「それがそうでもないのです。この画像をもう一度よく見てください」

福家が画面をぐいと近づけてくる。

「そんなに近づけなくても見える。煙草の箱だろう」

「一番手前の煙草に口紅がついていること、お判りですか」

福家の言う通り、手前の一本にうっすらと赤いものがついていた。

「どういうことだと思われますか？」

「一度くわえた煙草を戻したんだろうな」

「それしか考えられません。問題は、なぜそんなことをしたかです」

「くわえはしたが、吸う気が失せた。もしくは、寒いので別の場所に移動しようとしたのかもしれない」

「なるほど。そのとき足許がふらつき、缶を踏みつけた。その可能性はありますね」

「お役にたてて嬉《うれ》しいよ。では私は……」

「その場に、足立さん以外の誰かがいたとしたらどうでしょう」

是枝は浮かした腰を止め、坐り直す。

「それは君の考えなのか?」

「考えというより、一つの可能性です。真実以外の可能性を潰していくのが、私の仕事ですので」

「そろそろ外来診療の時間だが、少しくらい遅れても構わない。詳しく聞こうじゃないか」

「足立さんがあの場所へ行ったのは、誰かと会う約束をしていたからではないかと考えました。手袋の件はいったん保留しますが――夜景を眺めながら煙草の封を切り、一本取ってくわえたとき、ドアを開け約束の相手が現れます。その人物は大の嫌煙家だった。それで足立さんは、火をつける直前の煙草を箱に戻した」

「ふむ、あくまでも推測だが辻褄《つじつま》は合う。現場にほかの人間がいたとすれば、事故以外の可能性も出てくるわけだ」

「そうなのです」

福家はため息をついた。「他殺なのか、事故なのか。一晩考えても結論が出ません。思い余って、先生のところへ」

「本職の刑事に頼られるのは光栄の至りだが、私は一介の医者にすぎない。助言めいたことはできかねるね」

「先生はこちらの部長でいらっしゃる？」

「皮膚科のね」

「そんなお忙しい方をお引き留めしてしまって」

是枝は立ち上がり、言った。

「大したことはない。それにここまでこられたのは、たまたまだよ」

「そんなことはありません。冷静沈着であることは優秀な医師の必須条件だと思いますが、私はあなたほど冷静な方に会ったことがありません」

「君とは昨夜初めて会ったのに、そんなことまで判るのかね」

「昨夜お訪ねしたとき、先生は足立さんが亡くなられた件で電話を受けておられましたね」

「そのときからのぞいていたのか？」

「はい。電話中に声をかけるのはどうかと思いまして」

「昨夜も言ったが、知り合いのＭＲが気を回して……」

「いえ、私が驚いたのはチェスの方です」

「ああ、ネットでチェスをやっていたときだったか」

福家は手帳を見ながら言った。

「先生は、電話を受けながらチェックメイトされていますね」

「……そうだったかな」

「お知り合いが亡くなったという知らせを耳にしながら、対戦を続けておられたことに驚きました。私なら、電話に気を取られてチェスどころではなくなってしまうでしょうから」

「私はこれまでに多くのMRと出会ってきた。亡くなったことは気の毒だが、足立君もその一人にすぎない。だが君、チェックメイトの時刻をなぜ知っているんだ？」

「先生がログインしておられたチェスのサイトは、チェックメイトの時間を公表しているのです」

「それは知っている。わざわざその時間を調べたのかね」

「はい」

「どうして？」

「それが仕事だからです」

手帳をしまった福家は立ち上がり、是枝に頭を下げた。

「どうも、お邪魔しました」

小柄な福家の背中は、待合ロビーにあふれ始めた患者たちに紛れ、あっという間に見えなくなった。

九

鈴木健伍は様子をうかがいながら駐車場に近づいた。警官たちが走り回る物々しい雰囲気を予想していたが、建物周辺に人気はなく、パトカーも駐まっていない。いささか拍子抜けしながら、警備員の詰所をのぞく。誰もいない。不用心だなと思いつつ振り返ると、制服警官が立っていた。

「ひえっ！」

警官はまだ若かったが背が高く、こちらを見つめる目には独特の威圧感があった。

「えっと、私、鈴木です。多々良製薬の」

「製薬会社の方？」

「はい。車を引き取ってもいいと連絡を貰《もら》ったので」

そのとき南階段に通じるドアが勢いよく開き、細身の男性が飛びこんできた。片手に携帯電話を持ち、猛スピードで鈴木たちの前を素通りして、詰所の向こうにあるドアから出ていった。

鈴木は呆気《あっけ》に取られて見ていたが、警官は落ち着いたものだ。

男はすぐに同じドアから戻ってきた。肩で息をしながら、携帯に向かって喋っている。

「勘弁してくださいよ。僕、これでも病み上がりなんですから……え？　時間がかかりすぎ？　これでも全力疾走ですよ」

男は再び鈴木たちの前を通り、南階段へと消えていった。鈴木は警官に尋ねた。

「あれは何です？」

「何かの実験と聞いています。——ここに会社の名称と所在地、あなた個人の名前、住所、電話番号を書いてください」

白紙を挟んだバインダーを渡された。

「捜査員が車内に立ち入っておりますので、もし……」

鈴木は手で制した。

「その件なら、昨夜のうちに聞きました。大したものは置いてませんから」

「一応、手続きとしてこの書類にサインを」

あれやこれや書類をだされ、片っ端からサインするハメになった。そうこうするうち、さっきの男がまた南階段の方から飛びこんできた。経路は同じだ。詰所奥のドアから出て、すぐに戻ってくる。当然のことながら、先ほどより息遣いが荒い。

「……もう、これが、限界っす。続けるなら、別の人を……」

鈴木は警官と目を合わせたが、彼は何も語らなかった。束になった書類をまとめ、背筋を伸ばして敬礼した。

「ありがとうございました。では、どうぞ」

鈴木はエレベーターに乗り、四階へ行く。見渡したところ、この階に駐まっているのは鈴木と郁美の車だけだ。

北側の非常階段前に駐められた郁美の車を見つめながら、鈴木は思ってもいなかった喪失感に囚われていた。己の成績のためなら手段を選ばず、女を武器に多くの採用を勝ち取ってきたとの噂がつきまとう郁美とは、同じ地区を担当するMRとしてライバル関係にあった。彼女にまつわるいろいろな噂について真偽のほどは判らないが、強敵だったことはたしかだ。あいつさえいなければと、何度臍《ほぞ》を噛んだことか。それでも、いざいなくなってみると一抹の寂しさを感じる。

非常階段のドアを肩で押しながら、スーツ姿の小柄な女性が入ってきた。携帯で話をしながら、右手にはストップウォッチを持っている。

「そう、五回走って全部ダメ。判ったわ、ご苦労様。え？　二岡君どうしたの？　調子が悪いから病院へ行く？　そう。お大事に」

通話を切ると、女性はこちらに顔を向けた。

「あの、鈴木さんですね、多々良製薬の」

ツカツカと向かってくる。鈴木は反射的に後ろに下がり、壁に背中と尻をぶつけた。

「そんなに怖がらないでください。私、こういう者です」

目の前に突きつけられたのは警察バッジだった。

「福家……警部補？」

「足立郁美さんが亡くなった件で捜査をしています。車を引き取られる前に、少しだけお話をうかがいたいのですが」

「話、と言いますと？」

「あなたの車に積んである荷物のことです。ほとんどが医療関係の雑誌ですね」

「ええ」

「これは病院から引き取ったものですか」

「そうです。聖南総合病院の是枝先生のところから」

「あなたは是枝先生の担当でいらっしゃる？」

「はい。もう二年ほどになります」

「ＭＲはそんな雑用までやるのですか」

「しょっちゅうというわけではありませんが、頼まれれば基本的に何でもやります」

「是枝先生からは、こうした依頼がよくあるのですか？」

「いいえ。どちらかというと珍しいですね。先生は、きっちりけじめをつける方ですので」

「なるほど。あなたが先生を訪ねたのは何時頃でしょう」

「午後七時でした。先生は時間にうるさい方ですから、少し遅れて焦りました」

「雑誌を引き取ってからここへ？」

「はい。昨夜はその後で会合がありまして。車は一晩ここに駐めておく予定でした。ここは弊社が、年間通して借りている区画なので」

「そうですか」

福家は手にしたストップウォッチに目を落とした。

「あのぅ、足立さんの件は事故だと聞きましたが、何か不審な点でも？」

「不審なことというか、よく判らないことがいくつかあるのです」

「は？」

「鈴木さん、走るのは得意ですか？」

「私？　こう見えても中高と陸上部でした。短距離は得意でしたよ」

福家の目が不気味に輝いた。

「一つ、お願いがあるのです。ここから南階段を下りて、詰所奥のドアから外に出てほしいのです。一分以内に」

「一分⁉」

「元陸上部のあなたでも無理なら、あきらめがつきます」

「しかし……」

「お願いします」

相手は警察官だ。断れる雰囲気でもない。鈴木は上着を脱いだ。週に二度ジムに通い体力は維持している。一分か。挑戦する価値はある。鈴木は屈伸運動を始めた。

十

午後四時前にようやく外来の診療を終えた。部下二人と共に百三人、結局、昼食も満足に取れなかった。

最後の患者は二十代の女性で、アトピー性皮膚炎の治療に通っていた。保湿とステロイド剤の使用で、症状はかなり改善している。このまま経過観察すればいいだろう。必要な事項をパソコンに打ちこむ。

「では、二週間後に」

女性は礼を言って、診察室を出ていった。

肩と目の奥に、疲労を覚えた。肉体の衰えを実感する。精神力だけでカバーできる年齢ではなくなったということか。

ドアがノックされた。患者が戻ってきたのだろうか。

「どうぞ」

入ってきたのは福家だった。

「何だ、君か」

是枝はカルテをファイルに挟み、看護師に渡す。

「お疲れのところを申し訳ありません。受付で、診察が終わったばかりだとうかがいましたので」

「ならば、いまが私に許された貴重な休息時間であることも、お判りだろうね」

「それは重々承知しています。ですが……」

「ともかく、お坐りなさい。何ならコーヒーでも持ってこさせようか？」

「とんでもない。そんなことまで……」

「冗談だよ。ここは飲食禁止だ。それで、今度はどんな用件かな？」

「実は、これといった用件ではないのです。鑑識の二岡という者が捜査を手伝ってくれていたのですが、体調を崩しまして。彼は先週まで、この病院に入院していたのです。慌てて診察を受けたところ、術後の無理がたたったらしく、再入院になってしまいました。多少、責任を感じたもので、お見舞いに……」

「待ってくれ。部下の見舞いついでに、用もないのに私を訪ねたのかね」

「いえ、用がないわけではないのです」

「どっちなんだ」

「昨夜の午後九時から十一時の間、先生はどこにいらっしゃいましたか」

「これは驚いた。アリバイ調べというやつか。すると君は、足立君の死を他殺と断定したわけだ」

「それが、まだ断定というところまでは。いまある証拠だけでは、上司を納得させられません。いろいろと細かいことを気にする質《たち》でして」

「その上司に同情するね。君のような部下を持って、さぞ苦労が絶えないだろう」

実に判りやすい嫌味をぶつけたが、福家にはまったく通じていないようだ。

「いえ、そうでもないらしいのです。何だかんだ言いながら、結局は好きにやらせてくれます。それで、先ほどの質問ですが……」

「自室にいたよ。一人で。論文のゲラ校正をやっていた。徹夜になったよ」

「論文の校正……と」

福家はどこからともなく取りだした手帳に書きこんでいる。

「そのゲラはお手許に？」

「原本は送ってしまったがコピーならある。持っていくかい？」

「よろしければ、ぜひ」

「帰りに受付で受け取れるようにしておこう」

「恐れ入ります」

是枝は内線で事務の女性に指示する。受話器を置くと、福家を見た。

「そうだ、ゲラは午後七時ごろに届いた。事務員が証言してくれるだろう。かなり修正箇所が多くてね、結局一晩がかりで校正し、朝、戻したのだ。とても人を殺している余裕はなかったよ。これはアリバイにならないかね」

福家は「うーん」と首を捻《ひね》る。

「残念ながら、不成立です。校正はあなたの部屋以外でもできますから」

福家はさりげない調子できいてきた。

「そのゲラは、昨夜お邪魔したとき、デスクの上にあったものですか?」

「さすがに抜け目がないな。その通りだ」

「校正はずっとお部屋でされていた」

「そうだ」

「気分転換に、場所を変えたりなさいました?」

「していない」

「あのゲラは、端が丸まっていました。一度筒状に丸めたあと、元に戻したように。デスクで作業をされていたのに、どうして、あのような癖がついたのでしょう」

「ゲラは宅配便で送られてきた。運搬《うんぱん》の途中でそうなったのだろう」

「真ん中に折り目もついていました。デスクの上は充分なスペースがあるのに、どうして折ったりなさったのです?」

「習慣でね。ゲラは大きくてかさばるだろう。カバンに入れやすくするために、折ることにしている」

なおも口を開こうとする福家を制し、是枝は言った。

「君は他殺の線にこだわっているようだな。ではこちらからも質問させてもらおう」

「どうぞ」

「足立君が亡くなった立体駐車場に、防犯カメラはないのかね」

「二階から四階の駐車スペースにはありませんが、一階の出入口に二機、設置されていました。また、詰所に警備員が常駐しています」

「車と人の出入りはほぼ完全に記録されているわけだ」

「はい」

「当然、確認したのだろうね」

「昨日から丸一日分、チェックしました」

「で、怪しい人物か怪しい車は？」

「確認できませんでした」

「おかしいじゃないか。足立君の死が他殺なら、当然犯人がいるはずだ。犯人はどうやって入り、どうやって出ていったのかね」

　福家は目を伏せたまま再び首を捻る。

「そこのところは、まだ何とも」

「だが君のことだ。考えはあるのだろう？」

「はい」

「聞きたいね」

「ご存じかどうか判りませんが、駐車場の一階には、車が出入りする場所のほか、警備員詰所の奥にあるドアからも出入りできます。そこには防犯カメラがないのです」

「だが、そこを通ると警備員に気づかれるだろう。もっとも、警備員も人の子だから、居眠りしたり、一服しに行ったり……」

「詰所内にもカメラがありまして、それを確認しました。昨日に限っていえば、そのようなことはありませんでした」

「となると、せっかく君が見つけたドアも無駄になってしまう」

「唯一の例外は、足立さんが転落したときです。音に驚いた警備員は詰所を飛びだし、四階へと走りました」

「なるほど。その間、詰所は空っぽだった。犯人は堂々と詰所奥のドアから……いや、そうもいかないか。警備員は階段を駆け上がったんだろう？　だったら、逃げようとして下りてくる犯人と鉢合わせしてしまう」

「駐車場には北と南の両端に階段があります。犯人は鉢合わせを避け、南階段を使った可能性が高いのです」

「ほう、階段が二箇所。ならば、君の推理は成立する。で、警備員が詰所を空けた時間はどのくらいかね？」

　福家が再び顔を伏せる。

「カメラの映像を計測したところ、四十六秒でした」

「速いな」

「ええ。優秀な方で、一気に階段を上がって現場を見ると、手をつけずに駆け下り、詰所の電話で救急車を呼びました」

「犯人は四十六秒で南階段へ行き、一階まで駆け下り、詰所前を通って奥のドアから外に出るわけか。間に合うのかね」

「何度も実験したのですが、一分を切るのは難しいようです」

「実際に走らせたのか。それは興味深い。時間があれば私も走りたいくらいだ。こう見えて、足には自信があるのでね」

福家は無言である。是枝は立ち上がった。

「では、失礼するよ。これから回診だ。楽しかったよ。受付で論文のコピーを受け取ってくれたまえ」

坐ったままの福家を残し、是枝は診察室を出ようとした。

「出る方はともかく、入る方は」

是枝の足が止まる。

「何だって?」

福家が椅子ごと、くるりとこちらに向き直った。

「先生は気になりませんか、犯人がどうやって駐車場に入ったのか」

「どうやって出たのか判らんのに、どうやって入ったか議論しても仕方なかろう」

「入る方法はあるのです」

福家は腰を上げると、是枝の正面に立った。

「誰かの車に潜んで駐車場に入る。運転手が立ち去った後、車を出て時を待つ」

「可能だろうが現実的ではないと思うね。まず、ドライバーや同乗者に気づかれず車に潜むというのは、なかなか難しい。足立君が転落する前、最後に車が入ったのは何時かね」

「午後八時五十分です」

「死亡推定時刻は？」

「警備員の方が音を聞いたのは、九時四十五分くらいです」

「つまり犯人は、最低でも約一時間、駐車場内に身を隠していたというのか？」

「もし犯人が、冷静で、自分を完璧にコントロールできる——そう、ちょうど先生のような人物だったら、それも可能だと思います」

「それは買いかぶりというものさ。私はそこまでの域には達していないよ」

「多々良製薬の鈴木さん、ご存じですよね」

「私の担当だからね。よく知っている」

「先生は昨日、大量の雑誌類を処分なさいました。その運搬に鈴木さんをお呼びになったとか」

「ああ、呼んだ。だがどうして……ああ、彼はその駐車場に車を駐めたんだったね。あんなことがあって、車の出入りは禁止、駐車していた車も徹底的に調べられたわけだ」

「車内は先生のところから運びだした荷物でいっぱいでした。何者かが箱の間に潜んでいてもドライバーの鈴木さんは気づかないでしょうし、駐車場に入る際、警備員に見つかることもない。あとは、鈴木さんが駐めた後に車を出て、いずこかで待つ。駐車場の四階に避難器具収納庫があります。あの中にいれば、人が来ても気づかれません」

いつの間にか、是枝は笑っていた。自然に笑みが浮かぶなど、いつ以来だろうか。福家を前にして、奇妙な高揚感に包まれていた。

「なるほど。そうやって入る可能性はあるわけだ。だが、残念ながら、それを証明するものはない」

「ええ、いまのところは」

「いまのところは、か。ところで、先ほどから気になっているのだが、君、首筋に虫刺されの痕がある」

「お気づきでしたか。少し前に刺されたのですが、なかなか治らなくて」

「ちょっと見せてごらん」

是枝はカード型ルーペをだしながら言った。

「ふむ、ただの虫刺されだが、掻《か》いたから悪化したのだろう。よければ……」

ルーペをデスクに置いた是枝は、カバンから軟膏入りの容器を取りだす。

「薬を塗ろうか?」

「お願いします」

容器の蓋を取り、半透明の軟膏を指ですくう。

「念のため言っておくと、これはステロイド軟膏だ。怪しい成分は入っていない」

「医師としての先生は信用していますから」

赤くなった皮膚に軟膏をすりこむ。

「保湿剤と混ぜてある。分離しやすいので、最適の配合を見つけるのに苦労した。自分で言うのも何だが、これは効くよ」

「ありがとうございました」

「これ以上掻くと、痕が残る」

ルーペをポケットにしまう是枝に対し、福家はぺこんと頭を下げた。

「そのお薬は、いつも持ち歩いておられるのですか」

「これでも医師の端くれだからね。実を言うと、妻と知り合ったのも軟膏がきっかけなのだよ。恵比寿《えびす》のバーだったか、たまたま隣に坐ってね。手の甲に火傷《やけど》の痕があったから、薬を塗ってやったのだ」

「素敵な話ですね。聞くところによれば、先生の奥様はこの病院の……」

「そう、院長の娘だ。その縁もあって、部長という地位に安住していられる」

「先生はいくつも論文を発表され、多くの患者さんのために寝る間を惜しんで仕事をされています。いまの地位は、ご自身で摑まれたものだと思いますが」

「嬉しいことを言ってくれる。私には味方が少ないから、良く言われることはあまりないのだ。しかし、そんな風に言ってくれたのが捜査一課の刑事で、私を殺人犯と疑っているんだから、何とも皮肉だな」

是枝は福家に背を向け、人気のない廊下に出た。理由は判らないが、少し喋りすぎてしまった。

十一

詰所を出た篠塚努が手を振ると、あの刑事がぺこんと頭を下げた。

待ち合わせたのは立体駐車場の裏手である。駐車場とマンションに挟まれた路地は北側で日が差さず、人通りもほとんどない。あるものといえば、放置自転車や家庭ゴミ、それを漁りに来るカラスくらいのものだ。

「いやあ、わざわざすまないね、福家さん」

「いえいえ。実に興味深い情報ですから」

「さっきまであそこにいたんだよ」

篠塚は通りの中ほど、発泡スチロールや段ボールが積み重なっているあたりを指す。

「たまに掃除してるんだけど、ひっきりなしに捨てていきやがる。追いつかねえ」

「ひどいですねぇ。捨てているのは特定の人間だと思います」

「ここをねぐらにしてるヤツにとっては、適度に汚れている方がいいんだろうけどね」

篠塚は福家を置いて路地を走る。

「おーい、熊さん。出てきてくれ」

返事はない。嫌な予感がした。篠塚はそっと段ボールの陰をのぞく。予感は的中。ここを根城にしているホームレスの熊さんは、頬を赤く染め、気持ちよさそうに眠っていた。

篠塚は熊さんを引っぱり起こす。

「困るなぁ。約束したじゃないか。刑事さんに会うまで、酒は控えるって」

熊さんはうーと低く唸《うな》っただけで、目を覚ます気配はない。

「ちょっと、熊さんてば。弱ったなぁ」

福家が近づいてきた。

「福家さん、こいつが話していた熊なんだけど、約束を破ってすっかり出来上がってる。一文無しだって言うくせに、酒だけはどこからか調達してきて……」

「この方が情報をお持ちなのですね？」

「ああ。そう言うんで、刑事さんに連絡したんだけど、何とも申し訳ない。こんなことになるなんて……」

福家は気分を害した様子もない。

「私のことはいいのですが、この方の情報を知りたかったですね」

「それは俺が聞いています。本人の口から刑事さんに伝える方がいいと思ったんだが、かえって手間になってしまった」

「手間だなんてとんでもない。情報をいただけるのはありがたいですから」

「熊さんが言うにはね、ゆうべはここじゃなくて、駐車場の南側で寝ていたらしい。で、缶ビールを空けてうつらうつらしてたら、救急車のサイレンで叩き起こされた。昨夜は大通りが渋滞だったから、駐車場前の道を通ったようなんだ。安眠を妨害された熊さんは、いつものねぐら、つまりここに戻ろうと立ち上がった。そのとき、南側の非常階段で何かが落ちる音を聞いた」

福家はさっと見上げる。

「落ちる音というのは、どんな？」

「熊さんが言うには、階段を何かが転がり落ちる音だって」

「つまり、人がですか？」

「そこまでは判らんようです。ただ、甲高《かんだか》い金属音で耳障《みみざわ》りだったと言ってたなあ」

福家は駐車場の壁を見上げて、ぶつぶつ言っている。道端で酔っ払いが高いびき、道の真ん中では刑事が独《ひと》り言《ごと》。篠塚は、自分ひとり生真面目《きまじめ》に走り回っているのがバカバカしくなってきた。

「刑事さん、もういいですかね。仕事に戻らないと」

「はい、ありがとうございました」

「熊さんは……どうしよう？」

「あとで警察の者を寄越します。ある程度お酒が抜けたら、供述していただくことになると思います」

「へ⁉　熊さんの話、そんなに重要なの？」

「ええ、とても助かりました。おかげで、謎が一つ解けたのですから」

十二

コートのポケットに両手を突っこんで、是枝は立体駐車場を見上げた。夜の闇に、ほの白い外壁がぼんやりと浮き上がって見える。営業はまだ再開されていない。バーは下りたまま、警備員の詰所も空っぽだ。

通路を進んでいくと、柱の陰から若い制服警官が現れた。

「是枝先生ですね。福家警部補が、ここでお待ちくださいとのことです」

にこりともせずそう言うと、詰所奥のドアから出ていってしまった。

「おい、どういうことだ？　謎が解けたからここに来いと言われたんだ。警部補はどこだ？」

苛立ちから言葉が荒くなった。それでも返事はなく、ドアの閉まる音だけが響いた。

再び静まり返ったフロアに残された是枝は、何ともいたたまれない気持ちになった。福家め、何を企んでいるのか。苛々が募《つの》った。

突然、何かが落ちる物音が轟《とどろ》いた。階上の音はフロア全体に反響する。是枝が駆けだそうとしたとき、南階段のドアが開き、ストップウォッチを手にした福家が入ってきた。

「あら、是枝先生、いらしていたのですか」

怒りを抑え切れなかった。

「君！　どういうつもりだ？」

「申し訳ありません。実験の続きをしていましたので……」

「呼びつけたのは君だろう！　人をバカにするのもいい加減にしろ」

福家はたじろぐ様子もない。

「バカになんてしていません。ほら、これを見てください。ドアから中に入るまでで三十秒です。これなら、四十六秒以内にあそこのドアから外に出ることができます」

三十秒ジャストで秒針が停止したストップウォッチを突きつけられ、是枝は混乱を収拾しきれずにいた。

「実験というのは、もしかして……」

「犯人がどうやって、誰にも見とがめられず建物を出ていったか。その証明です」

福家は非常階段へのドアを開け、床から何かを拾い上げた。

「本当はこれも持ち去らないといけないのですが、省略しました」

戻ってきた福家が右手に持っていたのは、三十センチほどの鉄の棒だった。

「実際に使われたものは、これより長かったと思われますが、この長さのものしか手に入らなかったので」

「その棒はいったい何だ？　私にはまったく理解できないのだが」

「私が入ってくる前に、ものすごい音がしましたよね。あれは、階段から落としたこの棒がたてた音です」

「私をびっくりさせるのが目的なら、企みは大成功だったと言わざるを得ない」

「申し訳ありません。先生がこの程度でびっくりされるとは思わなかったので。逆に言えば、沈着冷静な先生をも驚かせる音が出たということですね。もし、こんな音を警備員が聞いたら……」

「仰天《ぎょうてん》するだろうな」

「四階に足立さんがいる状況であれば、なおさらです。すぐに詰所を飛びだすでしょう」

「何が言いたい？」

「これが犯人のトリックだったのです。南階段で大きな音をたて、警備員の注意を惹く。警備員が北階段に向かった隙に南階段を駆け下り、防犯カメラのないドアから外に出る」

福家が再度、ストップウォッチをかざした。

「時間的には充分可能です」

「ふむ。筋は通っている」

「恐れ入ります。音をだすのに使ったのは、おそらく凶器に使った鉄棒でしょう。二つの用途を兼ねる。実に合理的です」

福家は意味ありげに是枝を見上げた。

「見事な推理だ、とでも言ってほしいのか？」

「いえ、実を言いますと、これは私が考えたわけではないのです。事件の発生時刻に北ではなく南の階段で物が落ちる音を聞いた人がいまして、供述を聞いて思いついた次第です」

「ほう。君の粘り勝ちというわけだな」

「ただ、いくつか問題があります」

「そうだろうな。問題がなければ面通しをするだろうし、何より、供述書を持って私のところに乗りこんでくる」

「物音を聞いたのは、串田熊五郎《くしだくまごろう》、通称熊さんという方で、この周辺で寝起きされています」

「つまりホームレスか」

「これが供述書です」

福家はポケットからコピーを取りだし、是枝に見せた。

『物音を聞き、確認に赴《おもむ》こうとするも、肉体が動くことを好まず、その場に止《とど》まった。甘き眠りを誘《いざな》う黄金色の美酒をすすり……』

「泥酔状態だったわけだ」

是枝は思わず声を上げ、笑ってしまった。

「君は実験によって、犯人が逃走できる可能性を示した。だが、そこまでだ。犯人が実際にそうしたかどうか証明はできない。誰が彼女を殺したかについても同様だ」

「おっしゃる通りです」

「謎が解けたというのは君の早合点《はやがてん》だ。謎はまだ解けていない」

「いえ、謎というのは、このことではなく手袋のことです」

「足立君が転落したとき片方の手袋を外していた、というあれかね？」

「はい。ずっと引っかかっていたのですが、ようやく解けました。熊さんの証言のおかげです」

「その件についてなら、私も興味があるね」

「階段の物音を聞くまで、熊さんは泥酔して眠っていました。ではなぜ目を覚ましたのか。階段の音のせいではありません。その直前に、別の何かで目を覚ましたのです。それが救急車のサイレンです。普段、この建物の前を緊急車輛が通ることはないそうです。問い合わせてみましたら、昨夜は大通りが渋滞していたので、そこを通ったと回答がありました。時間は午後九時五十三分。階段上で足立さんが殺害されたと思われる時刻です」

「君はいま、手袋について話しているんだぞ」

「犯人は何らかの理由で足立さんの手袋を外したのです。本当は、はめ直してから逃げるつもりだったのでしょう。けれども、それができなくなった」

「サイレンのせいでかね？　仮にも人を殺そうと考える人間が、サイレンごときに驚いて逃げだすとは……」

「音に驚いたわけではないのです。この建物の向かいにマンションがあります。聞きこみによれば、四階に住む男性が昨夜、サイレンに驚いてベランダに出ました。ベランダは、現場が真正面に見える位置です。犯人は男性に目撃されることを恐れ、手袋をはめ直さずに逃げたのです」

「なるほど。一つ質問させてくれ。男性がベランダに出ていた時間は?」

「二分ほどだったとか」

「ならば、その後で現場に戻ればいいじゃないか。君の言う音のトリックを使ったのであれば、犯人は急いで現場を離れる必要はないわけだろう」

福家は人差し指をピンと立て、うなずいた。

「さすが先生です。犯人も同じことを考えたのでしょう。ただ……」

福家はバッグから現場写真の一枚をだす。郁美の右手のアップだ。

「右手親指から人差し指にかけて血がついています。ベランダの男性をやり過ごしているうちに、血だまりが広がり、指に血がついてしまったのでしょう。そうなると、手袋をはめ直すことはできません。手袋をしているのになぜ指に血がついているのか、疑問が生じますから」

是枝は無言で続きを待った。だが、福家は黙っている。

「君の話はそれで終わりかね」

「はい」

「たしかに、手袋の謎は解けたように見える。だが、音のトリック同様、あくまでも可能性にすぎない。第一、手袋を外した理由は不明だし、そもそも足立君の死が殺人だというのは、君の考える可能性の一つにすぎないではないか」

「おっしゃる通りです」

「その点については、素直に認めるのだな」

「ええ」

「そう言いながら、君はまだあきらめていない。何とかして私を追い詰めようと考えている」

驚いたことに、福家ははっきりとうなずいた。

「私には確信がありますから。あなたが犯人だという」

「だが証拠はない」

「その通りです。警察はお手上げです」

福家はそう言って、両腕を上げた。是枝は勝利を確信する。

「では、帰らせてもらうとしよう。安心したまえ、今回の件を上司に報告したりはしない。警察の横暴を訴えるつもりもない。君は明日から、別の事件を追えばいい」

「はい。そうします」

「では、失礼するよ」

「先生、最後に一つだけお願いが」

「私に頼み事ができる立場だとは思えないが?」

「首筋が痒くてたまらないのです。もう一度、診ていただけませんか」

「何かと思えば」

是枝はポケットからカード型のルーペをだし、福家の背後に回った。拡大鏡を使うまでもなく、刺された痕は沈静化していた。

「この状態で痒い？　おかしいな」

福家が一歩進んでくるりと振り向き、是枝のルーペを指す。

「先生、それを押収します。ポケットにある軟膏も一緒に。いま令状をお持ちします」

是枝はルーペを手に、呆然と立ち尽くす。

数人の男がやってきた。皆、制服を着ている。先頭の男を見て福家が声を上げた。

「あら二岡君。入院したのではなかったの」

「今夜のことを聞いて、外出を認めてもらいました。この仕事が終わったら戻ります」

二岡と呼ばれた男は是枝の脇に立ち、ルーペを渡せと無言の圧力をかけてきた。

「何だ、このルーペがどうしたというんだ？」

「先生は、患部を診るときいつもルーペをお使いになる。そして、軟膏は直接、指におつけになる。その過程で、ルーペにも軟膏が付着しているのではないかと考えました」

「それは……付いていても不思議はないが」

福家は肩にかけたバッグから、一枚の写真を取りだした。

「被害者の右手首です。ここのところ、お判りになりますか。小さな文字が書いてあります」

「ああ、そのようだね」

「被害者は携帯で話しながら、ここにメモを書く癖があったそうです。6―15―市とあります。6は六日、15は十五時、市は病院名で……」

「それが、ルーペや軟膏の押収とどう関係するんだ？ 君、いい加減にしないと……」

「被害者の手袋は外されていました。従って、犯行時、犯人もこの文字を見たと思うのです。そこで私、考えました。もし犯人が非常階段の暗がりでこの小さな文字を見たら、気になって仕方がないのではないか。何が書かれているか、絶対に確認したくなる、と」

福家の目が、是枝の手にあるルーペに注がれる。

「もしルーペを持っていれば、使うだろう。そこで、遺体の右手首周辺をもう一度、調べ直してもらったのです」

「何か出たのかね」

「いいえ」

「そうだろうな」

「ですが、被害者の手袋からは出ました」

「何？」

「犯人がルーペを使ったとき、そこに付着していた薬が犯人のはめていた手袋に移ったのです。そして犯人はそのまま被害者の手袋を摑み、移動させた。被害者の手袋から、微量ですがステロイド軟膏の成分が検出されたそうです。その軟膏には保湿剤が配合されていました。

混合比率は……」

是枝は手を挙げて、福家の言葉を止めた。ルーペと軟膏入りの容器を、二岡という鑑識課員に差しだす。

「何てことだ……」

是枝が築き上げてきた過去、これから迎えるはずであった華々しい未来が、すべて崩れ去っていく。その向こうに見えるのは、郁美の毒々しい笑顔だ。

是枝は拳を握り締める。

「あんな女のために……」

「もう一つ、お伝えすることがあります」

福家は、いままでとは打って変わった険しい目で是枝を見ていた。

「検死の結果判明したのですが、足立郁美さんはステージ四の肺癌でした。余命半年から一年の宣告を受けていたそうです」

是枝の足から力が抜けた。何かにすがらねば、立っていられないほどの衝撃だった。

そんな是枝に、福家は容赦なく言葉を浴びせる。

「足立さんには、判っていたのかもしれません。あなたに離婚する気のないこと、自分への愛情などまったくないこと、そして、追い詰めればどういう行動に出るかも」

「……バカな」

「彼女は自分の命と引き換えに、復讐をしたのです。そしてあなたは、まんまと彼女の術策にはまった」

「そんな……そんなはずはない。この私が、あんな女に……」

「あんな女。そう思っていた足立郁美さんに、是枝先生、あなたは負けたのです」

上品な魔女

一

中本誠《なかもとまこと》は、パソコンから目を離し、疲れを癒《い》やすため目薬をさした。頭の中で計画を反芻《はんすう》する。半年以上前から練ってきた計画だ。漏《も》れはない。完璧なはずだ。

と考えたところで、完璧という言葉を口にするたびに顔を顰《しか》める共同経営者の広也乙彦《ひろなりおとひこ》のことを思いだした。完璧なんてあり得ないぞ、と。

広也の言う通り、完璧だと思っていた事業計画は、次々と襲ってくる想定外の事態によって、呆気《あっけ》なく崩壊していった。金融不安による資金難、異常気象による機材の破損、そして相次ぐ実験の失敗——。

誠は追い詰められていた。手持ちの資金は底をつき、借りられるところからは、すべて借りた。ヤミ金には手をだしていないが、車を手放し、家も抵当に入っている。広也のほか、三人いる従業員に払う給料も危うい状態だ。自己破産して清算すべきだと言う者もいる。

誠は頭の後ろで手を組み、天井を見上げた。照明は消してあり、明かりはパソコンの画面だけだ。

ここであきらめるわけにはいかない。誠の心は決まっていた。

あと少し、あと少しなのだ。ここさえ持ちこたえれば、状況は好転する。ようやく軌道《きどう》に乗った実験のデータは期待以上の値を示している。これを発表すれば業界の常識が変わり、皆が誠の前にひれ伏す時が来る。

誠の頬を冷たい雫がひと筋、落ちていった。目薬ではない。涙だった。

「さゆり、すまない。本当にすまない」

データを消去すると、誠はパソコンを閉じ、立ち上がった。

計画は完璧なはずだ。


階段を下りていくと、妻のさゆりがキッチンで夕飯の準備をしていた。ガスレンジで大きな鍋が煮立っている。今夜はパスタにするらしく、フライパンからはニンニクの香ばしい匂いが漂っていた。

「あら、お仕事、済んだの？」

さゆりが振り返った。丸顔でおっとりした妻は、自分のペースを崩さず、穏やかに、にこやかに、毎日を送っていた。せっかちで、何から何まで自分でやらねば気が済まず、常に神経を尖《とが》らしている自分とは正反対だ。結婚して五年、むろん、いまでも妻を愛している。事業が成功するまで子供は待ってくれと言ったときも、緩《ゆる》やかに微笑《ほほえ》んで許してくれた妻。事業が行き詰まったとき、自分も外に出て働くと言ってくれた妻。「君に仕事なんて無理だ」と、誠が説得し思いとどまらせたときも、「そうかしら」と首を傾《かし》げるだけで、反論一つしなかった妻。

誠は、さゆりの後ろ姿を見ながら、再び目が潤《うる》むのを感じた。

すまん、許してくれ。

心の中で繰り返しながら、庭に面したリビングの窓を開ける。

「夕飯の前に、データの確認をしてくる」

誠の言葉に、「はーい」とのんびりした声が返ってきた。

窓を開けると、直接、庭に下りることができる。毎日のことなので、専用の靴が一足置いてあった。昼前まで降っていた雨のせいもあり、軒下はかなりぬかるんでいた。庭にわずかな傾斜があって、ここに水が溜まるのだ。泥がはねないように気をつけながら靴を履《は》き、雨《あま》樋《どい》の横に立てかけてある、折り畳み式のアルミ製ハシゴを広げた。長さは約四メートル、屋根に登るには充分だ。登り下りは最初のころこそおっかなびっくりだったが、何十回、何百回と繰り返しているうちに、もはや体が勝手に動くまでになった。屋根の向かって右端にハシゴをかけ、ステップを上がる。瓦《かわら》屋根に乗ると、いったん腰を下ろし、妻が手入れしている庭を見下ろす。シンボルツリーとして、旺盛に葉をつけているアオダモ、それを引き立てるように茂る斑《ふ》入りアオキ。青々とした芝生、晩夏から秋に花を咲かせる斑入りヤブラン。その他、誠が名前も知らぬ草花が、美しく配されている。

妻がいなくなったら、この庭はどうなるのだろう。自分には手入れなどできない。経営が軌道に乗ったら、庭を潰《つぶ》して研究用の小屋でも建てるか。そこでじっくり研究に打ちこむのだ。

腰を上げた誠は、屋根をまたぐように設置してある板状の装置を見つめた。表面は強化ガラスで覆われ、中に十センチ四方の太陽電池が並んでいる。

誠が事業として展開しているのは、自然エネルギーの雄《ゆう》、太陽光パネルである。誠は改良に改良を重ねて、パネルに蓄電機能を持たせることに成功した。蓄電システムを小型化し、屋上のユニットだけで発電と蓄電の両方を行うことができる。現在は、発電と蓄電のバランスを少しずつ変えて効率とコストがベストのものを模索している。実用化されれば、事業の柱とすることができる。だが、実験データにムラがあること、資材価格の高騰《こうとう》や、自然災害による他社ソーラーパネルの破損、太陽光発電そのものへの逆風などから、事業の黒字化は当初の予定より大幅に遅れていた。誠が毎日屋根に登るのは、正確な実験データを集め、販売の立て直しを図るためでもあった。

太陽光パネルには、小型の計測器が外付けされている。その数値を確認、分析するのが、この日課の目的だ。無線ＬＡＮやケーブルを使って屋内から確認しないのは、データの流出を懸念するからだ。計測器は、指紋認証と毎日変わるパスワードでしっかりと守られている。

「さてと」

誠は手すりに摑《つか》まり、屋根の最上部まで登る。問題はここからだ。計測器は屋根の左端にあるので、パネルに沿って数メートル移動しなければならない。

本来なら、計測器の真下、屋根の左端にハシゴをかければいいのだが、その位置には妻がオリーブの木を植えて、ことのほか大切にしていた。そのため、誠は雨の日も風の日も、危険な「屋根渡り」をしなければならなかった。

その対策として、L字形になった鉄製の足がかりを六つ、屋根にネジ留めした。そうすれば、手でパネルの端を摑み、足がかりを頼りに進んでいくことができる。

当初はオリーブの木を恨めしく思ったが、それが役に立つ日が来ようとは。何とも皮肉な巡り合わせだ。

計測器のデータを確認したあとは、すぐ屋根から下りるのが常だが、今日はその前にやるべきことがあった。足がかりのネジを緩めるのだ。

データの回収は、誠が出張したときや接待などで時間が取れない場合、妻のさゆりが代わって行っていた。

明日、誠は大阪出張の予定だ。帰宅は遅くなるため、さゆりが屋根に登る。そのとき、足を乗せた金具が外れ、彼女は転落して死亡する。不幸な事故。悲しみに暮れる夫を演じていれば、やがて保険金が入る。そうすれば……。

緩めるのは、六つの足がかりのうち右から四番目と決めていた。勢いがついていて、最もバランスを崩しやすいと考えたからだ。誠は二番目と三番目の上に立つと、ポケットから取りだしたドライバーを右手に持ち、四番目のネジを緩めるべく腰をかがめた。

カチンと金属が外れる音がして、かけていた足許の感触がなくなる。ぐらりと下方向に体が振れた。

「え？」

カランカランと音をたてながら、瓦屋根を金属製の足がかりが落ちていく。

な、なんで、三番目が外れるんだ。外れるのは四番目だろう。それに、外れるのは、明日……。

バランスを崩した誠の体は、かなりの速度で転がり落ちていった。ふいに体が軽くなり、まるで無重力空間にいるかのような、心地良さを覚えた。次の瞬間、誠は頭から地面に叩きつけられた。


パスタを一本つまみ上げ、噛んでみる。まだ少し早い。水洗いしてボウルに入れておいたレタスに手を伸ばそうとしたとき、カチンという金属音が聞こえた。続いて重いものが屋根を転げ落ちていく音。

さゆりはため息をついて、ボウルのレタスにラップをした。

悲鳴も何もない。思った以上に呆気ない幕切れだった。

鍋の中でゆらゆらと漂うパスタを見つめる。もう少し待ってくれてもいいじゃないの。パスタが無駄になっちゃうわ。いつも間が悪いんだから。

ガスを止め、エプロンのポケットに携帯が入っているのを確認し、リビングからそっと庭を見た。芝生の真ん中に、夫が倒れていた。暗くて顔は見えないが、足や腕が変な方向にねじ曲がっているのは判る。さゆりは顔を顰めた。そのまま庭に出てもよかったが、夫が履いて行ったため靴はない。ぬかるんだ土の上を履き物なしで歩くのには抵抗があった。玄関に回り愛用のサンダルで庭へ出る。そこで大きく息を吸いこむと、叫んだ。

「あなたぁぁぁ」

二

夜の住宅街が、昼間のように煌々《こうこう》と照らされていた。狭いながらも手入れの行き届いた庭に鋼鉄製の照明器が持ちこまれ、繊細な芝生の上に、太いビニールコードがうねうねと走る。芝生の周囲に配置された植物は、鑑識課員たちによって踏み荒らされていた。

機動鑑識班の二岡《におか》は、窓ガラス越しにリビングを見る。ソファには憔悴《しょうすい》した妻が、女性警察官に付き添われている。この庭も、彼女が丹精したものらしい。できれば踏み荒らしたくはないが、何といっても遺体は庭の真ん中にある。事件性の有無《うむ》などを徹底的に調べるのが、二岡たちの仕事だ。気をつけていても、無傷というわけにはいかなかった。

遺体を含め、大体の鑑識作業は終わっている。二岡の見たところ、これは不幸な事故だ。正規の手続きが済めば、さっさと撤収したいが……。

家の前で急ブレーキの音がした。そして、男の怒鳴り声。

「こっちだって慈善事業やってんじゃねえんだ。そりゃ、お勤めが大切なのは判りますよ。だからって、料金払わねえってのは……」

続いて、鈴を鳴らすような、女性の声がした。

「いいえ、払わないと言っているのではないのです。バッグの中に、お財布と身分証が入っていないの。慌てて出てきたものだから、忘れてしまったみたい……。三日泊まりこみで捜査をして、家に帰り、お風呂から上がったときに呼びだしがあったの。慌てて服を着て……あ！　同じ服で来てしまったわ」

「そんなこと、こっちは知らないよ。とにかく払ってくれ。払わないんなら警察に言うよ。ちょうど、そこらへん、パトカーだらけだし」

二岡はため息をつきながら玄関へ回った。横付けされたタクシーから降りて、中年の運転手が天を仰《あお》いで立ち尽くしている。

「警察官だって言うんならさ、それを証明してくんなきゃ。あんた、どう見ても警官には見えねえよ」

「よく言われるの……。何とかならないかしら」

「ならねえよ！　なるわけないだろ」

二岡はいよいよヒートアップする運転手の前に割りこんだ。

「警視庁の二岡といいます。えっと、料金、払います。おいくらでしょうか」

「一万千五百三十円」

「へ？　いくら何でも、そんなにかかるはずが……」

「この人、あれこれ道を指示すんだけど、全部、間違ってんだよ。おかげでものすごい遠回りしちゃってさ」

二岡は不承不承、金を払う。運転手は礼を言うでもなく、仏頂面《ぶっちょうづら》のまま車に乗りこみ、ハンドルを握ると、二岡を見て言った。

「その女の人、本当に警察官なの？」

二岡はうなずいた。

「ええ。警視庁捜査一課の福家《ふくいえ》警部補です」

「一課？　警部補？　この小《ち》っちゃなお姉ちゃんが？」

二岡の後ろで福家がぺこんと頭を下げた。

「福家です。方向オンチでごめんなさい」

「謝るのはそこじゃないと思うけどね。まあ、貰《もら》うもん貰ったし、もういいや」

タクシーは走り去る。

福家は所定の手袋などをてきぱきと身につけた。

「遅くなってしまったわ。現場はどう？」

「警部補がおいでになるまで、そのままにしてあります」

二人は門の前から左に折れ、直接、庭に入る。

「亡くなったのは、この家のご主人ね？」

「中本誠氏、四十歳。ベンチャー企業の経営者です」

「ベンチャー？」

「あれですよ」

二岡は屋根の上を指す。「独自に開発した太陽光パネルだそうです。データを取るため、毎日あそこに登っていたようで……」

ハシゴが軒にかかったままだ。

「屋根はかなりの傾斜です。L字形の足がかりが六箇所設けられていて、それを頼りに進み、パネルに取りついていたとか」

「その一つが外れ、転落したのね」

「はい。外れた足がかりは、そこに」

遺体の脇に、L字形の部品が転がっている。

「ふーん」

福家は遺体に近づく。ブルーシートをめくり上げ、中をのぞく。

落ち方が悪かったらしく、遺体は首や手足など数箇所の骨が折れるという、凄惨な状態だ。

福家は検分に夢中になったのか、ブルーシートの中に潜《もぐ》りこんでしまった。シートが人の形に盛り上がり、もぞもぞと動いている。

「ちょっと、警部補!」

福家がシートの下から何か言っている。

「警部補、聞こえませんよ」

仕方なく二岡もシートに潜りこんだ。福家は持参したと思われるペンライトで、遺体のあちこちを照らしていた。二岡はブルーシートを持ち上げ、福家が動きやすいようにする。

「遺体が右手に握っているのは、何?」

「ドライバーのようですね」

「データの取得にドライバーが必要かしら」

「さあ。先ほど確認しましたが、そんなものは必要ないと思います」

「じゃあ、なぜ持っているの?」

福家はもぞもぞと体を動かし、遺体の足を検分し始めた。いきなり福家のうなじが目の前に来て、二岡は何とも言えない気分になる。

「あ、あの、警部補」

「何?」

「ちょっと距離が……そのぅ」

「えーっと、靴には泥が付着と」

福家が身をよじるたび、髪が二岡の頰をくすぐる。帰宅して風呂から上がった直後に呼びだされたと福家は言っていた。ほんのりシャンプーの香りがして、頰が勝手に火照《ほて》ってくる。

「あの……警部補……」

突然、福家が振り向いた。鼻と鼻が触れあうほどの距離だ。

「け、警部補……」

「ここはもういいわ」

二岡の脇を抜け、シートから出ていった。

シート内に漂っていたシャンプーの香りは消え失せ、血腥《ちなまぐさ》いにおいに取って代わった。

まったく。二岡は立ち上がり、シートを元に戻して福家の姿を捜す。

「あれ？　警部補？」

傍《そば》にいた鑑識課員の一人が、ニヤニヤしながら屋根を示した。

見れば、福家がハシゴをひょいひょいと登っていくところだった。

「け、警部補、危ないですよ！」

「大丈夫よ。一応、ここも確認しておかないと」

福家は素早い身のこなしで屋根の棟《むね》に上がると、腰をかがめ、脱落した三番目の足がかりの跡を検分し始めた。

「固定していたネジが緩んだのね」

「足がかりは被害者が自分で取りつけたそうです。雑な作りで、いつ脱落してもおかしくはない状態でした」

「そう」

「被害者は足がかりのネジを締め直そうとドライバーを持っていったのかもしれません」

福家はその場から二岡のいる庭を見下ろし、「そうかもしれないわね」とうなずきながら、ぐるりを見回した。それで納得したのか、ハシゴを下り始める。

「警部補、あんまり無茶しないでください」

「無茶？　私、無茶なことをしてるかしら。それより、被害者の履いている靴、泥がついているの。どこでついたのかしら」

「多分、軒下ですよ。リビングから庭に下りられるんですが、足許がぬかるんでいます。靴を履いたときに泥がついたんでしょう」

「その泥はハシゴにもついていた？」

「はい。ハシゴと、屋根の足がかりにも、付着していました」

「となると、やっぱり事故か……」

福家は両手を腰に置き、リビングの窓の方へ歩いていく。下り口の粘土のようになった土に、靴の跡がくっきりと残っている。

「これが、被害者の？」

「はい」

足跡を見つめていた福家は、ふと顔を上げ、ガラス越しに、ソファでハンカチを目に当てている被害者の妻を見やった。

「二岡君、通報者は奥さんだったわね」

「はい」

「通報時間は？」

「午後七時七分」

「警官が臨場したとき、彼女はどこにいたの？」

「庭にいたと報告を受けています。携帯電話を手にして、庭先にしゃがみこんでいたと」

「その携帯で通報を?」

「そのようです」

福家は二岡の前を横切り、すたすたと玄関へ向かった。

「あの、警部補?」

こうなるともう、彼女を止められる者はいない。

事故……だと思うんだけどなぁ。

二岡は首を回して肩の凝《こ》りをほぐし、長くなるであろう夜に備えた。

三

ハンカチを手にした中本さゆりは、気づかれないよう注意しながら、制服姿の女性警察官を見た。先からほとんど口もきかず、さゆりに張りついている。

早くどこかへ行ってくれないかしら。

心の内でそう繰り返す。むろん、本気でさゆりのことを心配し、慰《なぐさ》めたいとも思っているのだろう。でも実際は、彼女の任務は監視だ。夫が不審死を遂げた場合、まず妻を疑うのがセオリーだと、警察もののドラマで言っていた。

もう涙なんて、だせそうもないし……。

さゆりは無人のキッチンに目を移す。ガスレンジには鍋が放ったらかしだ。パスタはお湯を吸って、とっくにダメになっている。さっさと捨ててお鍋を洗わないと。フライパンで炒めていたニンニクとオクラも、もう食べられない。せっかく買ったばかりのオリーブ油で炒めたのに。

「……さん」

はっと我に返る。女性警察官が、さゆりの顔をのぞきこんでいた。

「大丈夫ですか？」

「え、ええ」

「担当の者が、少しお話を聞きたいと」

「担当？」

女性警察官は音もなく立ち上がり、神妙な面持ちで、さゆりの視界から消えた。代わって現れたのは、眼鏡をかけた小柄な女性だ。着ているスーツは皺《しわ》だらけで、あちこちに泥汚れがついている。さゆりと女性は、しばし無言で見つめ合った。

この人はいったい何なのかしら。警察の人には見えないけど。そうだ、こういうとき遺族の許にはカウンセラーが送られると、これもドラマでやっていた。でも、カウンセラーがこんな泥だらけで来るかしら。

「あの……」

気づいたときには、さゆりの方から口を開いていた。

「その服、クリーニングにだしましょうか」

相手は薄い眉を上げ、ひどく驚いた表情になった。

「うちの庭の泥でしょう？　雨上がりはどうしても、ぬかるんでしまって。一日、お預かりしてもいいかしら。その間は、私の服をお貸ししますから」

腰を上げようとするさゆりを、女性は両手を前にだして、押《お》し止《とど》めた。

「そう言ってくださるのは嬉《うれ》しいのですが、そのようなことをしていただくわけにはいきません」

「あら、遠慮なさらないで」

「遠慮ではないのです。実は私、こういう……あ、バッジ、忘れてきたのでした……えーっと、何か……」

女性はスーツのポケットを片っ端から探っていく。

「あ！　名刺が一枚だけ……」

どこからか現れたのは、角が折れ泥に汚れた名刺だった。

「警視庁捜査一課の福家と申します」

名刺を受け取り、しげしげと見る。警視庁捜査一課、警部補、福家の文字が、かろうじて読み取れた。

「はあ、福家さん……あ！」

福家の眉がまたぴょこんと上がる。

「何でしょう？」

「担当って、そういうことなのね」

「はい。捜査の責任者です」

「捜査？　でも、主人は……」

「はい。鑑識の調べでは、不幸な事故と思われます。ただ、念のためと申しますか、あなたは通報者でもいらっしゃいますので、話を聞いておかねばならないのです」

「そう……。でも、大体のことは別の方にお話ししましたよ」

「申し訳ありません。部署が違うもので。もう一度、初めからお願いしたいのです」

「別に構いませんけど。あ、お茶をおいれしますね」

「いえ、けっこうです」

「そうおっしゃらないで」

さゆりは立ち上がりキッチンに向かう。

「ここはもう使ってもいいんでしょう？」

「はい。調べは済んでいますので」

電気ケトルで湯を沸かし、ティーポットに茶葉を入れる。一昨日スーパーで買ったアールグレイだ。福家が、リビングでぽつんと立ったまま言った。

「どうぞ、お構いなく」

「気にしないでください。私も飲みたかったの」

来客用のカップを二つ、トレイに載せる。ケトルのスイッチが自動で切れ、湯が沸いたことを知らせてくれた。ポットに湯を注ぐと、柑橘系《かんきつけい》のふわりとした香りが広がる。

「少し待ってくださいね」

そう言いながら、戸棚を開け、茶菓子を探す。あいにくと何もない。

この半年ばかり、ゆっくり紅茶を飲むこともなかった。夫はいつもカリカリして、すぐに二階の書斎にこもってしまう。リビングで自分だけ寛《くつろ》ぐのも悪い気がして、さゆりは書斎の気配をうかがいながら、ガーデニングの本などをパラパラとめくるだけの毎日だった。

解放感が表情に出ないよう気をつけながら、トレイを福家の許に運ぶ。

「どうぞ、おかけになって。ダイニングテーブルの方がいい？」

「いえ、こちらでけっこうです」

リビングのソファは、L字形に据えた六人がけだ。福家は端にそっと坐った。何となく居心地が悪そうだ。

さゆりはテーブルにポットとカップを並べつつ、言った。

「お茶請けが何もなくて。あ、近くのコンビニで買ってこようかしら」

「どうぞ、お気遣いなく。それより……」

「紅茶、もういいかしら。昔は時間を計る砂時計なんかもあったの。いつの間にか、どこかへ行ってしまったけど」

紅茶を注ぎ、カップを福家の前に置く。

「ありがとうございます」

自分のカップに紅茶を注ぎながら、さゆりはハッと気がついて言った。

「考えてみたら、ちょっと変ですね。主人を亡くしたばかりなのに、紅茶なんかいれて……」

福家は何も答えない。

「何だか、実感が湧かないんです。主人がもういないっていう」

紅茶には手をつけず、福家は表紙のすりきれた茶色い手帳をだした。

「遺体を発見したのは、あなただったそうですね」

「ええ」

「そのときの状況を、話していただけませんか」

居心地悪げに身を縮《ちぢ》めていた先程の福家とは、まるで別人だった。現場検証で乱れたのだろう、はらりと垂れた前髪越しに、鋭い視線がさゆりに向けられている。

「食事の準備をしていたんです。レタスを洗っていたら、庭に何かが落ちるすごい音がして。すぐ窓のところに飛んでいきました。そうしたら……主人が倒れていて」

「倒れているご主人をはっきりとご覧になったのですか?」

「いえ、もう暗かったですから。ただ、ぴくりとも動きませんでしたし、大変なことが起きたのは判りましたので」

「それで、すぐに通報なさった」

「ええ」

「警察に？」

「もちろん」

「救急車ではなく？」

「え？」

「あなたは携帯電話から一一〇番通報されています。なぜでしょう？　こういう場合は一一九番なのでは？」

「さあ、なぜかしら。多分、倒れている主人を見て、もう難しいと思ったんだと」

「ですが、あなたはいま、暗かったので倒れているご主人の姿をはっきり見たわけではない、とおっしゃいました」

「ああ、そうでしたわね。うーん、ごめんなさい、よく覚えていなくて」

さゆりは、目の前にいる刑事のことが少し嫌いになった。些細《ささい》なことをきいてくるのはもちろん、せっかくだした紅茶に口もつけない。当てつけの意味もこめて、さゆりは自分のカップを口許に運んだ。

そんなさゆりの思いに福家は気づいてもいないようだ。平然と質問を続ける。

「携帯電話は、いつもお手許に？」

「ええ。身につけていなかったら、不携帯電話でしょう？」

そう言いながら、さゆりは携帯を手に取り、指紋認証でロックを外してみせた。待ち受け画面では、誠とさゆりが並んで笑っている。この待ち受けも変えなくちゃ。何がいいかしら……。

福家が薄い唇をわずかに緩めた。

「あなたは、窓辺で倒れているご主人の姿を確認したあと、携帯で通報された。通報は、どちらから？」

「庭です。すぐ庭に飛びだしたんです」

「間違いありませんか？」

いやな物言いだわ。人を疑ってばかり。でもまあ、仕方ないのかしら。刑事さんのお仕事って、そういうものよね。

さゆりはにっこり笑って答えた。

「ええ」

対照的に、福家の表情は険しくなる。

「庭にはどうやって出られました？」

「どうやってって、サンダルを履いて……」

「玄関に脱いであったものですね」

「はい。私、すっかり動転して、庭先から動けずにいたんです。警察官の方が、支えて玄関まで連れていってくれました。サンダルを脱いだ記憶もないんです。気がついたら、このソファに坐っていました」

「なぜ、玄関に回ったのです?」

カップに伸ばした手を止め、さゆりは首を傾げた。この人、いったい何にこだわっているのだろう。

「なぜって……外に出るためです」

「この窓から庭に下りられます」

「あぁ……」

「あなたは庭に倒れているご主人を見て、すぐ庭に飛びだしたと証言されています。ですが実際は、ここから廊下を通り玄関へ行き、サンダルを履いて、庭に出ておられる。そこがよく判らないのです」

「なぜかしら。やっぱり、動転していたのね」

さゆりは微笑んで、紅茶を飲む。もう冷めかけている。警察の人たち、早く帰ってくれないかしら。一人になったら、お湯を沸かし直して、改めてゆっくり紅茶を飲もう。

インターホンが鳴った。さゆりは福家と顔を見合わせる。

「こんなときに、誰かしら……。出てもいい?」

「もちろんです。どうぞ」

さゆりが玄関に向かうと、福家も後をついてくる。玄関ドアは開け放たれ、きつい顔の制服警官が二人、宅配業者の制服を着た小柄な男を挟みこむようにして立っている。右の警官が、福家に言った。

「こちらに届け物だそうです」

段ボール箱を抱えた男は、すっかり怯《おび》えている。

「あ、あの、ぼくは、この荷物を届けに来ただけで……」

福家は、箱とラベルを見た後、さゆりの方を振り向いた。

「あなた宛です」

「ネットの通販サイトで頼んだものかしら。園芸用のシャベルとか、肥料とか」

福家は警官にうなずく。二人は顎《あご》を引いて敬礼すると、宅配業者を残して出ていった。

男は泣きそうな顔で頭を下げる。

「すみません。置き配の指定だったんですけど、警察の人が中で確認しろって」

「別に構わないですよ。それよりすごいわ。今日のお昼に頼んで、もう来るなんて」

男はそれには答えず、箱を床に置くと、駆けだしていった。

「あらあら」

さゆりは箱を持ち上げる。思ったより重かった。

「便利な世の中ですよね。ネットで頼めば、何でも届けてくれる。車がなくても、全然困らない」

福家は開けっ放しの玄関ドアの向こうを見やる。ドアと門の間には、車一台分のスペースがある。いまは何も駐《と》まっておらず、段ボールやプランターなどの置き場になっている。

「前は車をお持ちだったのですか?」

「ええ。主人が売ってしまったの。会社のためにお金がいるからって」

「あなたは、ご主人の会社の経営に参加しておられたのですか?」

「とんでもない。私、そういうことは苦手なんです。手伝うことといったら、主人が留守のときデータ回収をするくらいかな」

「すると、あなたも屋根の上に?」

「ええ。それくらい、私にもできるわ。こう見えて、運動神経はいい方なんです」

大学時代はテニス部のエースだったのだ。

福家は興味があるのかないのか、ほほぅと唸《うな》りながら、さゆりの肩から二の腕あたりを見る。

「あの、この箱、中に運んでもいいかしら。庭の植えこみの陰に、タンポポが咲いているの。種がどこからか飛んできたのね。いまのところだと日も当たらないし、可哀想だから植え替えようと思って」

「それで、シャベルを?」

「ええ。使っていたのが古くなったから、思い切って新しいのに」

「お庭の手入れはよくされるのですか?」

「前はね。最近は気力がなくて、芝生のところから水をやるだけ。こまめな手入れはなかなかできないの」

箱を抱え、リビングに戻る。庭の調査はあらかた済んだのだろう。照明器の撤去が始まっていた。

「福家さん、明日は庭に入っていいかしら」

「はい。大丈夫だと思います」

「主人が亡くなったのに庭いじりだなんてって、思っているでしょう?」

「いいえ、そんな」

「この家、じきに出ていかなくちゃならないんです。主人には借金がありましたし、この家も、抵当っていうんですか? 返せないと取られちゃうんです」

さゆりはカッターで段ボール箱の封を切る。中には肥料の袋二つと、ビニールでパックされた園芸用シャベルがあった。

「それでも、出ていくまでは綺麗にしておきたいの」

ふいに涙が湧いてきた。目頭を押さえていると、白いハンカチが差しだされた。

「あ、すみません。もう全部、出きったと思っていたんですけど」

涙は止まらない。さゆりは福家のハンカチに顔を埋めた。

四

宇内和子《うだいかずこ》は、寝不足による偏頭痛に悩まされていた。六十を超えたころから症状が出るようになり、何をしても治らない。医者に相談しても、年だからと片づけられる。夫なぞ、「気のせいだ」と取り合ってもくれない。

「ほんとに、もう……」

誰もいない家の中で、つい独《ひと》り言《ごと》が出てしまう。夫は朝からグラウンドゴルフの会に出かけている。昼前には帰ってくるだろうが、昼食は冷蔵庫にあるもので適当に済ませればいい。どうせ、疲れたと言って、あとはゴロゴロするだけなのだから。

リビングのロッキングチェアに坐り、頭痛が去るのを待つ。ガラス越しに見える隣家の屋根は、てっぺんに鏡のようなものが数枚、取りつけてある。

まさか、お隣の旦那さんが亡くなるなんて。奥さんは、どんな気持ちでいるだろう。さほど親しいわけではないが、いつも穏やかで、温かな微笑みを浮かべているさゆりを、和子は気に入っていた。

昨夜は家の前に警察車輛が駐まり、赤色灯の点滅がカーテン越しにも確認できた。家に刑事と思《おぼ》しき者たちが来て、隣の様子を聞いていった。現場検証は深夜に及び、物音と興奮で朝までほとんど寝ることができなかったくらいだ。

もう落ち着いたころかしら。ロッキングチェアの心地よい揺れに身を任せながら、和子は考える。隣人として、これからどういう態度を取ればいいだろう。すぐにでも訪問して、声をかけるべきか。あれこれ考えているうちに、和子は微睡《まどろみ》の中に沈んでいった。

目が覚めたのは、来客を告げるベルが鳴ったからだ。反射的に立ち上がり、インターホンの受話器を取る。

「はい」

「警視庁の者ですが、少しお話をうかがえないでしょうか」

女性の声が聞こえた。

やれやれ。頭痛は治まりつつあったが、何となく体がだるい。昨日の疲れが抜けていない感じだ。

何度もため息をつきながら廊下を進み、玄関を開けた。立っていたのは、小柄で地味な顔立ちの女性だった。

「宇内さんですね。私……」

警察バッジが示される。最近、目がかすんでよく見えない。目を細めたが、読み取れたのは、所属の捜査一課と名前だけだった。

「福家……さん。それで、何のご用？」

「お隣のことで、お話をうかがいたいのです」

「それなら昨夜、全部話しましたけどね」

「申し訳ありません。もう一度、お願いしたいのです」

「構わないわよ。せっかくだから、上がって」

福家をリビングに案内する。小柄な女性刑事は、殺風景な部屋をぐるりと見渡すと、すいっと窓辺に歩み寄った。

「適当に坐っていてくださいな。お茶をいれますから」

「あ、どうぞ、お構いなく」

煎茶をいれた湯呑みを二つ、盆に載せて運ぶ。福家は、ロッキングチェアの横にあるスツールに腰を下ろしていた。和子はサイドテーブルに盆を置き、定位置に坐る。

「ありがとうございます、いただきます」

福家は湯呑みを取ると、茶を口に含んだ。

「とても美味《おい》しいです。頭が冴え渡ります」

「そうでしょう？　あなた、何だか疲れた顔をしているから」

「そう見えますか？　ここ数日、不眠不休ではあるのですが、疲れの原因はそれではないと思います」

「数日って……。ああ、冗談を言ったのね。ごめんなさい、うちの夫は生真面目《きまじめ》な堅物でね。ついぞ冗談なんて言ったことがないもんだから」

「いえ、冗談ではないのですが……この際、それはどちらでもけっこうです。おききしたいのは、お隣の……」

「ホント、びっくりしたわ。お風呂に入ろうとしていたら、お隣から悲鳴が聞こえて。何かと思っていたら、パトカーが何台も来て。こんなこと初めてだから、どうしていいか判らなくてね。えっと、それで、何だったかしら？」

「おききしたいのは、お隣の……」

「奥さん、どうなさるおつもりかしら。旦那さんがあんなことになってしまってねぇ。人当たりのいい方なのよ。道で会ってもきちんと挨拶《あいさつ》してくれて。時々立ち話するんだけど、すごく聡明《そうめい》な方。いろいろなことを知っていてね。旦那さんは正反対。口数が少なくて、何か研究をされているんだとか。まあ、夫婦は正反対の方が上手《うま》くいくって言うけど。休みの日なんかは、二人でいるところをよくお見かけしたから、仲良くやってらしたのね。だけど、それならそれで、奥さんは気の毒よねぇ。私に何かできることがあるといいんだけど……。あら、ごめんなさい、一人で喋《しゃべ》っちゃって。何かききたいことがあるとおっしゃったんだったわね」

「はい、知りたいと思っていたことは、大体、話していただきました」

「……あら、そう?」

　福家は窓から隣家の屋根を見上げる。

「ここからだと、よく見えますね」

「ええ。あの屋根についてる機械、テレビで見たのとはちょっと違うけど、ソーラーパネルなんですって。手入れが大変みたいねぇ。旦那さん、毎日屋根に登って、あれをいじってたわ」

「それは手入れではなく、データの確認だったと思われます。研究中だったようですから」

「あら、そうなの。そういえば、昨日も屋根の上で作業してらしたわ」

　福家の目つきが、心なし鋭くなった気がした。眼鏡に当たる光のせいだろうか。

「それは何時ごろですか?」

「昼間よ。雨が止んですぐ。私ね、普段は毎週、整体に行くんだけど、昨日は先生の都合でお休みだったのね。それで、お茶をいれて、それをすっかり忘れてノコノコ出かけて、もうがっかりして帰ってきたの。それで、この椅子に腰を下ろした。そのときに見えたのよ」

「それは旦那さんに間違いないですか?」

「え?」

和子は窓の外を見て、目を細める。最近、めっきり視力が落ちた。眼鏡をかけても、遠くは霞《かす》んで見える。

「屋根に登っていたんだから旦那さんでしょう」

「奥さんも、時々、手伝っておられたようですので」

「ああ……そう言われると、よく判らないわ。目が悪くなったから、屋根の上にいる人の顔までは見えないのよ。背中をこちらに向けていたし」

「でも、人がいたことは間違いないのですね」

「ええ。それも、けっこう長い時間よ。十五分くらいかしら」

「いつもは、そんなに長くないのですか」

「せいぜい五分……いやだわ、これじゃあ、私がお隣をずっと監視してたみたいじゃない。私、いつもこのロッキングチェアに坐るから、お隣の屋根がつい目に入っちゃうのよ」

「なるほど。あなたがご覧になった人影ですが、屋根の上で何をしていたのか、お判りにな

ります か？」

「さあ、そこまでは。屋根の、そうねぇ、右端の方に、中腰でいたわ」

「しつこくて申し訳ありませんが、その人の顔はご覧になっていないのですね？」

「そう、顔は完全にむこうを向いていたから」

「横向きではなく、完全にむこう側を？」

「ええ。体を左側に傾けて何かやってた。落ちるんじゃないかとヒヤヒヤしたの」

福家はにこりとして、立ち上がった。

「ありがとうございました。お茶、美味しかったです。ご馳走さまでした」

「あら、もうおしまい？」

玄関まで送りながら、せっかくできた話し相手を失う寂しさを感じた。

福家は靴を履き、ぺこんとお辞儀をすると、出ていった。

一人になると、家の中の静けさが際立つ。リモコンを取り、テレビをつけた。

刑事ものの再放送をやっていた。強盗殺人犯を追う屈強な刑事二人が、聞きこみをするシーンだ。喫茶店の店員に、刑事が警察バッジを示す。さっき福家が見せたものと同じで、和子の胸はほんの少し高鳴った。

刑事の一人が言う。

『捜査一課の者だ』

あら、福家さんと同じだわ。

画面では、店員と刑事二人の激しい銃撃戦が始まっていた。刑事の弾《たま》が、店員の銃をはじき飛ばした。手を押さえてうずくまる店員に、刑事たちは手錠をかける。

「まあ、福家さんも、こんなことやるのかしら。そんな風には見えなかったけど」

五

夜が明けてようやく庭から警官たちが消えてくれた。玄関前には警官が二人、門番よろしく立っているが、それでも家の中に静寂が訪れると、さすがにホッとする。

一人になったさゆりがまず取りかかったのは、キッチンの片づけだった。昨夜の内にすまそうと思っていたのに、いっさい手を触れるなと警官の一人に止められたのだ。ふやけてしまったパスタと、フライパンで萎《しな》びているオクラやニンニクを捨てる。昨夜は一睡もできなかったし、食事もせずじまいだった。仮眠を取りたいけれど、片づけだけは済ましておきたい。流しには、福家にだしたカップが残っている。

変な刑事さんだったな。カップを洗いながら、居心地悪そうにしている彼女の姿を思いだす。

夫の遺体が戻ってきたら、葬儀や何かで息をつく間もないだろう。夫の両親は他界しているし、行き来している親戚もいない。

インターホンが鳴った。

画面で確認すると、福家が立っていた。警官がいるのにインターホンを押すなんて、律儀《りちぎ》なことだ。

さゆりは肩の力を抜き、受話器を取る。

「どうぞ、お入りください。鍵は開いています」

濡れた手をエプロンで拭きながら玄関へ行くと、昨日と同じ恰好の福家がいた。同じといっても、泥汚れはなくなっているので、着替えてはいるのだろう。

「お疲れのところ、申し訳ありません。いくつかうかがいたいことが出てきたものですから」

ぺこんとお辞儀をする。

「大変なお仕事ですねぇ。どうぞ」

来客用のスリッパを揃え、キッチンに戻る。昨日は紅茶だったから、今日はコーヒーにしようかな。コーヒーメーカーに水を注ぐ。

「あの、どうぞ、お構いなく」

リビングに入ってきた福家が言う。

「気にしないでください。私も飲みたかったところですから。どうぞ、適当におかけになって」

福家は昨夜と同じように、ソファの隅に坐った。

コーヒーが入るのを待つ間、さゆりは洗い物を再開する。

「福家さん、ゆうべはおうちに帰られたの？」

「はい。服が汚れていたものですから」

「少しは眠れたのかしら？」

「いえ、すぐに科学捜査研究所の人間に呼びだされまして」

「あらあら。実を言うと、私もほとんど寝ていないの。もちろん、主人のこともショックだけど、家の中に知らない人がいると、ほら、何となく落ち着かないというか」

「ええ、判ります」

「でも、この家で一人になるのは、ちょっと怖くて。何しろ、庭で……」

「しばらくホテルに部屋を取られたらいかがでしょう。手配いたしますが」

「本当？　そうしていただけると助かるわ」

コーヒーをカップに注ぎ、福家の前に置く。

「ありがとうございます」

さゆりは自分のカップを手に腰を下ろす。昨夜より、少し福家との距離を詰めて坐ってみた。

「それで、ご用件は？」

今日も、コーヒーには手をつけようとしない。昨夜と同じ手帳をだすと、パラパラとページを繰《く》り始めた。

「屋根にある足がかりは、ご主人がつけられたものですか？」

「主人と広也さんで」

「広也さんというのは、広也乙彦さん、共同経営者の方ですね？」

「はい。学生時代からずっと一緒に研究を続けてきたそうです」

「広也さんは、いま、どちらに？」

「あら、申し上げなかったかしら、海外に出張中なんです。社員全員——といっても三人ですけど——を連れて、東南アジアを回っています。ゆうべ連絡を入れたんですが、携帯が通じなくて。途上国の村を回って、太陽光発電の可能性を探るのが目的だと、主人は言ってました」

「ご主人は同行されなかったのですね？」

「はい。最初は一緒に行くつもりだったのに、なぜか直前にキャンセルしました」

「なぜでしょう？」

「急な大阪出張が入ったと言ってました。一緒に行ってくれていたら、こんなことにはならなかったのに。広也さん、びっくりするだろうなぁ……。ここで主人と侃々諤々《かんかんがくがく》やってましたから」

「広也さんは、よくこちらに？」

「よくどころか、ほぼ毎日でした。社員の片山さん、山田さん、岩代さんも、週に一度は顔を見せていたし。まあ、この家は第二のオフィスみたいなもので、いつも誰かしらいる感じでしたね」

　福家はうなずきながら、手帳のページをめくる。

「それで、足がかりのことですが……」

「ああ、そうでした。ごめんなさい、話があっちこっち飛んでしまって。主人にもよく注意されたんです。筋道をたてて、きちんと話せって。あ、また脱線してる。何だったかしら、そう、足がかりよね。実は、足がかりのきっかけを作ったのは私なんです。太陽光パネルのデータは、屋根の左端にあるモニターに表示されます。でもその真下には、私が植えたオリーブの木があるものだから、主人が気を遣ってくれて……」

「なるほど。それで軒の右側にハシゴをかけ、屋根の上を歩く形になったわけですね」

「ええ。傾斜もあるし、毎日のことだからと、主人が広也さんと足がかりを作ったんです。こんなことになるんだったら、オリーブなんて植えなければよかった」

「その足がかりは、専門家によれば、たしかに強度不足だったようです。ただ、それなりにしっかりしていました。鑑識の話ですと、ちょっと足を乗せたくらいで外れることはないと」

「でも、実際に足がかりは外れ、主人は転落しました」

「そこなのです。足がかりが外れた原因は二つ考えられます。一つは留め具のネジが緩んでいたこと。二つ目は、普段以上の加重があったこと」

「カジュウ?」

「普通に歩いて通るだけなら、外れなかったということです。ご主人は、外れた三番目の足がかりに乗って作業をされていたようなのです。何か、思い当たることはありませんか？」

「さあ。機械のことは主人任せで。データの収集を手伝うことはありましたけど、手順を教わって、その通りにやるだけでしたから」

「そうですか……」

「あの、これはどういうことですか？　主人が落ちたのは、事故なんですよね？」

「はい。そのように見えます」

「見える……。福家さんは、そうは思わないということ？」

「事故と断定はできない。そう考えています」

「まあ、怖い。それじゃあ、いったい……」

「状況としては、事故で間違いないと思います。ただ、いくつか細かい点が気になりまして」

「羨《うらや》ましいわ。私は大雑把《おおざつぱ》だって、いつも笑われてるから」

福家が眉間《みけん》に皺を寄せ、こめかみを押さえる。

「あら、頭痛？　お薬、お持ちしましょうか」

「いえ、大丈夫です。申し訳ありません、どうもいつもと勝手が違うものですから」

「勝手？」

「いえ、こちらのことです」

「徹夜続きでお疲れなのかしら。どうぞ、質問ならゆっくりなさって。私、時間だけはありますから」

「ありがとうございます。ええっとですね、パネルのデータ収集ですが、それは一日に一回だけですか？」

「ええ」

「つまり、屋根に上がるのは、一日に一度」

「原則としては。メンテナンスや台風の後なんかは、一日に何度も上がっていましたけど。その場合は大抵、広也さんたちが一緒でしたね」

「あなたが屋根に登ることもあったのですね？」

「はい。危ないからと広也さんたちからは反対されましたけれど、私にだって、それくらいできますから」

「昨日、ご主人はずっとこちらに？」

「ええ。気分転換とか言って、一時間ほど散歩に出かけましたけれど」

「ご主人は昼間、屋根に上がられましたか？」

「さあ、どうだったかしら」

　そういえば、洗濯物はどうなってるんだっけ。昨日、洗濯機を回して、そのままになっているかも……。やらなければならないことがいっぱいあるのに、この人は、どうしてこんな質問ばかりするの。

「あなたもここにいらしたのですね?」

「ええ。一度、買い物に出た以外は」

「昨日の昼間、こちらの屋根に登っている人影を見た人がいるのです」

「あら。それは多分、お隣の和子さんね。悪い人じゃないんだけど、ちょっとお節介なところがあって……あっ、お隣には内緒にしてくださいね」

「目撃者がお隣の方だとは……」

「いいの、判ってるんだから。でも、和子さん、最近、目がお悪いから。見たっていうのは、たしかなのかしら」

「顔までは判らなかったけれど、人がいたことは確実だそうです」

「それじゃあ、多分、主人だわ。メンテナンスか何かで登ってたのね」

「ですが、人影がいた位置は、計測器の傍ではなく屋根の右端、つまり、二番目、三番目の足がかりのある辺りです。腰をかがめて何かをしていたそうです」

「ごめんなさい、何を言われても私には判らないわ。でも、登っていたのは主人に間違いないと思う。会社の人は、みんな海外だし」

「奥さんは、左利きですよね」

福家の唐突な質問に、さゆりは深く考えることもなく、「ええ」と答えた。

福家は続ける。

「大抵のことは右でされますが、料理など、ある程度注意力を必要とする作業は左でなさる。

昨日、キッチンを見て、そう考えました。お玉やフライ返しなどは、向かって左側の壁にかかっています。作業スペースも左側が空けてあります。これは庖丁などを左手で扱うからですね。ガスレンジも、大きな寸胴鍋が右、フライパンが左。右手でフライパンを使おうとすると、鍋が邪魔になります」

さゆりは口許を押さえながら言った。

「福家さんって頭がいいんですね。でも私、左利きのこと、隠そうと思っていたわけじゃないですよ。別に言う必要もないと思ったから……」

「実は、先ほどの目撃者が、面白いことを覚えていたのです」

「だけどその人、顔も見てないんでしょう?」

「シルエットは、はっきり見ておられます。それによると、屋根にいた人影は、目撃者に背中を向け、さらに中腰になった際、頭は、左に傾いていたそうです」

「それは、どういう意味かしら」

「屋根には足がかりが六つついています。目撃者が人影を見た位置は、一番右か二つ目の辺りです。そこで腰をかがめて何かしていた、と証言しています」

「具体的に何をしていたのかしら」

「そこまでは判りません。ただ、ここで重要なのは、シルエットが横顔ではなくむこう向きだったということ」

「ですから、それが何を意味するんですか、ときいています」

「その人物は、隣家に住む女性が、よくこちらを見ていることを知っていた。ですから、彼女が留守の時間に屋根に登った。それでも安心できず、努めて隣家に背を向けていたのです。実際、女性は偶然、在宅していました。そして、屋根の上に人影を見た。その人影は、腰をかがめ、何らかの作業をしていた。例えば、三番目の足がかりのネジを緩めるとか」

「すみません、私、あまり理解が早い方じゃないんです。福家さんのおっしゃる意味がよく判らないんですけど」

「人影は宇内さんに背中を向けていたとの事ですので、伸ばしていたのは左手と考えられます。もし右手だったとすれば、どうしても、体を捻《ひね》ることになり、目撃者に背中を向けられません。つまり、その人物は左利きであり、左手でドライバーを握ってきつく締められていた三番目のネジを緩めたとすれば……」

「緩めたとすればって、それは仮定の話なんですね？」

「ええ。あくまでも私の推測です」

「だったら……」

「それはそうと、タンポポの植え替え、済みましたか？」

話が飛んだ。さゆりは苛立《いらだ》ちを隠し、何とか微笑みを崩さず言った。

「いいえ。家の中の片づけをしていたら暇がなくなってしまって」

「タンポポには、いつ気がつかれたのですか？」

「それは、どういう意味？」

「このリビングからでは、植えこみの陰になってタンポポは見えません」

「そんなの、庭木の手入れをしていたときに決まっているじゃないですか」

「では、いつのことでしょう」

「さあ、覚えていないわ。そんなことが、主人の死に関係しているのかしら」

「いえ、直接関係しているわけではないのです。ただ、先も申しました通り、細かいことが気になる性格なのです」

「困ったものねぇ」

「ええ、困ったものです。誠さんは、昨日の時点では、水やり以外、庭木の手入れはほとんどしていない、芝生のところから水をやるだけ――とおっしゃっています。タンポポは芝生のところからも見えない。となると、いつどこで見たのか気になりまして」

「ですから、それが……」

「昨日、屋根に登ってみたのです。すると、私にもタンポポが見えました。ちょうど、一番目と二番目の足がかりに足をかけて立っているときです。もしかしたら、あなたもそこからご覧になったのかなと思いまして」

たしかにそうだ。宇内和子の目を気にしつつ、足がかりのネジを緩めているとき、目に入ったのだ。

「そう。言われてみれば、その通りだわ。屋根の上からです。でも、それがいつだったのかは覚えていないわ」

「昨日だったのでは」

「どうして、そうなるの？」

「あなたは、植え替えのシャベルを昨日注文したとおっしゃった。当日届いてすごいとも。タンポポを見て植え替えを思い立ち、シャベルを注文した……そう考えると自然です。これも私の推測ですが、あなたは昨日の昼間、一番目と二番目の足がかりの間にドライバーを持って立っていたのではないですか」

「何のために？」

「ネジを緩めるためにです」

「待ってください、福家さん。それじゃあ、私が主人を殺したように聞こえます」

「違うのですか？」

否定するのは簡単だが、福家が納得するはずもない。しても無駄なことは極力しないのが、さゆりの性分だ。

「仮にそうだったとして、なぜ私が主人を殺さなければならないのかしら。あなたのことだから、当然、調べたんでしょう？　主人は生命保険に入っていないし、あるのは借金だけ。いま主人に死なれても、何も得なことがないのよ」

福家から反論はない。さゆりは心の内で安堵のため息をついた。

「現在、ご主人のパソコンなどを調べています。何かが出てくる可能性は高いと思います」

「そうね。出てきたら知らせてください」

「ご主人を転落させるため、故意に三番目の足がかりのネジが緩められていたとしたら……」

「あなたは、そう考えているんでしょう?」

「鑑識の話では、ネジを少し緩めたくらいで簡単に外れたりはしないそうです。外れるには、その上を歩くくらいではダメで、もっと大きな力をかける必要がある。例えば、そこに足を乗せて全体重をかけるような」

「屋根の上で、そんなことは普通しないでしょうね」

「しかし、現実にご主人は転落された。ネジを緩めた犯人はなぜ、それを予見できたのでしょうか。もう一つ、ご主人がなぜドライバーを握っていたのかも、まだ答えがでていません」

「そうね……」

「その辺りが事件解決の鍵になると思っています。お邪魔しました」

さゆりはリビングに残り、福家を見送らなかった。テーブルには、手つかずのコーヒーが残されている。

せめて口をつけるのが礼儀でしょうに。

さゆりはカップを流しに運び、コーヒーを流す。

あの福家という刑事、絶対にまた来るに決まってる。そのときは、もう何もだしてやらないから。

さゆりはスポンジに洗剤を垂らし、カップを洗った。

六

山峯七奈美《やまみねななみ》は中本さゆりの家をうかがう。パトカーが一台いるだけで、想像していた物々しさはない。野次馬の類《たぐい》がいないため、家に近づくこともできず、離れたところから中本宅を眺めるしかなかった。

自分はいったい、ここへ来て何をするつもりだったのか。自分の中にわだかまっていることを吐きだしたところで、頭のおかしな人と思われるのがオチである。

帰ろう。体の向きを変えようとしたとき、ふいに小柄な女性が目の前に現れた。いつ、どうやって近づいてきたのか、まるで判らなかった。

女性は口元に笑みを浮かべながら、頭一つ分背の高い七奈美を見上げた。

「何か、ご用でしょうか」

七奈美は叫び声を上げ、後ずさった。いよいよもって不審者だ。警察を呼ばれてしまう。

「別に何でもないんです。あの、ちょっと見に来ただけっていうか」

「中本さん宅をですか?」

「あの、いえ、そういうわけではなくて、そのぅ、ただ何となく……」

女性が黒い手帳のようなものをだした。

「警視庁捜査一課の福家と申します。よろしければ、少しお話を」

「け、け、警察の人!?　いえ、私は別に、何も悪いことなんて……」

福家はバッジをしまうと、ひとり狼狽《うろた》えている七奈美を無言で見ている。徐々に、恐れより恥ずかしさが先に立ってきた。それとともに、心の波も収まってくる。それを見て取ったのか、福家はまた微笑み、穏やかな調子で言った。

「よろしければ、お話を聞かせてください」

全身の力が抜けた七奈美は、福家に向かって、まくしたてていた。

「さゆりの旦那さんが亡くなったって、聞いたものですから。多分、さゆりの仕業です。さゆりがやったんです!」


「さっきはすみません、変なこと言っちゃって」

中本家から少し離れた、駅前にあるスーパーのフードコートで、七奈美は福家と向き合っていた。広い店内は家族連れなどで混雑しており、かえって周りを憚《はばか》らずに話ができた。

「わざわざこんなことを言いに来るなんて、おかしな女だと思っているでしょうね」

福家は七奈美の言葉に耳を傾け、時おりうなずいてみせるばかりで、自分の方からはほとんど口を開かない。そんな態度が、七奈美の心を軽くしていた。

「私、さゆりとは大学のテニスサークルで一緒だったんです。もう十五年も前のことですけど」

七奈美は水で喉《のど》を湿らせる。

「さっき、庭にいるさゆりを見たら、前に会ったときとほとんど変わっていなくて、びっくりしました。私なんて……」

七奈美は言葉を切る。さゆりと自分を比べることは、もう止めたはずだったのに。

「刑事さんは、さゆりに会いました？」

「ええ。何度かお話を聞かせてもらっています」

「どう思いました？」

「というと？」

「さゆりのことです。刑事さんの目には、どんな人間に見えますか？」

「そうですね。人当たりがよく、控えめではあるけれど聡明で、非常に魅力的な方だと思います」

「そうね。会った人はみんな、そう言うの。そして、さゆりのことが好きになる。男も女も。昔からそうだった」

七奈美は背筋が冷たくなるのを感じた。こんなことを話してしまって大丈夫か。初対面の福家を信用していいのだろうか。ためらいはあったが、すべてぶちまけたいという気持ちが勝《まさ》った。

「さゆりは魔女です」

福家は眉一つ動かさない。「それで？」と続きを促しているようにさえ見える。七奈美は言葉を継いだ。

「人を不幸にする、優しい顔をした魔女です」

「なぜ、そう思うようになったのですか」

「彼女に関わった人が皆、不幸になるからです。さゆりは、何て言うか、人としての優しさや思いやりが欠落しているんです。自分の望みをかなえるために人を操って、その結果、不幸になった人がいても、何の痛みも感じないんです」

福家は表紙のすりきれた手帳をだし、真ん中辺りのページを開く。

「中本さゆりさんのことは、調べました。幼いころご両親が離婚されたとか」

「さゆりは母親に育てられたと言ってました。かなり厳しい人だったようです。潔癖症で、常に完璧を求める――いま風に言うと、毒親ってことになるんでしょうか。百点を取らなかったら食事抜きとか、すごい話を聞かされました」

「それは、彼女自身から？」

「ええ。私たちからすると、絶対に虐待だろうってことを、さゆりは嬉々《きき》として話すんです。まるで他人事《ひとごと》みたいに。そんなだから、どう接していいかわからなくて、最初のうちは、みんな距離を置いていました。彼女が変わったのは、二年生になった春。母親が死んでからです」

「お母さんは自殺されたようですね」

「自宅で首を吊っているのを、さゆりが見つけたそうです」

「お母さんの死をきっかけに変わったというのは、具体的に、どう変わったのですか？」

「何事にも積極的になりました。交友関係も広がって……」

「それは、男性との関係も含めてということですね」

「ええ。見た目だけでいえば、彼女、もてるから。言い寄る男はいっぱいいて、さゆりの方も片っ端からって感じでした。ごめんなさい、下品な言い方しかできなくて」

「あなたが彼女のことを魔女と呼んだのは、そういう意味ですか？」

「とんでもない。それくらいだったら、別に珍しいことではないでしょう？　問題は、彼女と付き合いのあった人たちが、死んだり大けがをしたりしていることです」

福家は手帳をめくる。

「私も気になっていました。彼女の身辺で不可解な事故が多数起きていますね」

「大学時代、彼女と同棲を始めていた男性は、その一年後に階段から転落死しています。警察は泥酔が理由の事故と処理しました」

「その件は私も確認しました。事故で間違いないと思いますが？」

「男性はさゆりと別れたがっていたんですが、さゆりは頑《がん》として応じなかった。というより、男性の気持ちに気づきもしなかった。さゆりの行動は、男性にとってはストーカーと同じでした。結果、彼は酒量が増え、ある夜、転落死したんです。別の男性は、彼女と車で旅行に行き、帰宅途中、事故を起こして亡くなりました。彼女を家に送り届け、自分の家まであと五百メートルのところでした。聞いたところではその男性は、さゆりのために不眠不休で運転していたそうです。まるで笑い話でしょう？　そんなことで命を落とすなんて」

「彼女の友人が、サラ金の取り立て屋から暴行を受け、意識不明になっています。もしかすると、裏で同じようなことが起きていたのでしょうか」

七奈美は膝《ひざ》に置いた手をきつく握り締める。

「彼は、さゆりのためにお金を借りたんです。そして暴行を受けた。付け加えるなら、その男性はもともと私とつき合っていました」

「なるほど」

福家は手帳を閉じた。七奈美は身を乗りだす。

「今回の件も、絶対にさゆりが関係していると思います。彼女に関わると、みんな不幸になる」

七奈美は必死だった。どれだけ訴えても、いままで耳を貸す者はいなかった。それどころか、七奈美を責め、離れていった。

この人なら、このちょっと変わった刑事さんなら、私の言うことを理解してくれるかもしれない。いまなお意識が混濁したまま病院のベッドに横たわる彼のためにも、この機を逃したくない。

「私たちが彼女のこと、何て呼んでいたと思います？」

「さあ」

「上品な魔女。表向きは美しく朗《ほが》らかだけど、中身は……」

「あら、七奈美さんじゃない」

福家のすぐ後ろに、さゆりが立って笑っていた。両手にスーパーの袋を提げて。

「しばらくね。もう五年になるかしら。そうそう、入院している彼氏さんは元気？　ごめんなさい、お名前、忘れちゃったけど。少しはよくなった？」

怒りより恐怖が勝っていた。彼女は自分たちの会話をどこから聞いていたのだろう。私が福家に洗いざらい喋ったことに気づいただろうか。もし、さっきのやり取りが耳に入っていたら。

七奈美は立ち上がる。椅子が後ろに倒れ、大きな音をたてた。その音にも、さゆりは動じない。薔薇《ばら》のような微笑みを浮かべ、七奈美に言った。

「またうちに遊びに来て。ちょうど、一人になったばかりなの」

吐き気を覚えた。七奈美は駆けだしていた。スーパーを出て、駅を目指す。

もう二度と来ない。彼女のことは忘れるのだ。

勢いよく角を曲がると、正面から自転車が来た。避ける間もなく、七奈美ははじき飛ばされ、路面で頭をしたたかに打った。

意識を失う直前、脳裏を過《よぎ》ったのは、さゆりの微笑みだった。

七

ハンドミキサーを手に、さゆりはキッチンに立つ。いったいどうして、こんなにも心がざわつくのだろう。これでは、夫が生きているときと変わらない。

さゆりはボウルに入れたバターと砂糖をハンドミキサーでクリーム状に練っていく。落ち着かないときは、料理をするに限る。無心に何かを作っていれば、自然と平穏が訪れるのだ。今日は、夫も好きだったマフィンにした。溶き卵を加え、ベーキングパウダー、薄力粉《はくりきこ》を混ぜ牛乳を少量加え、焼くだけだ。夫はいつも喜んで食べていた。白くなめらかになった生地《きじ》を見ながら、ふとさゆりは思った。

だけど、せっかく作っても、食べる人はもういないんだわ。

オーブンにセットしたとたん、インターホンが鳴った。予感めいたものを覚える。果たして受話器横の液晶画面には、福家の姿が映っていた。

「あら、福家さん。どうぞ、お入りになって」

心が浮き立った。もうケーキのことは、どうでもよくなっていた。棚の一番上にある缶を取る。とっておきのダージリンだ。もう何もださない、なんて思ったけど、あと一度だけ……。

電気ケトルに水を入れ、スイッチを押したとき、福家が入ってきた。

「大変なときに、何度も申し訳ありません」

「いいのよ。さっき連絡があって、夫の引き渡しは少し遅れるんですって。葬儀や何かの打ち合わせは明日からになるみたいなの。あ、どうぞ、適当に坐って」

「ありがとうございます」

福家はまたソファの端にちょこんと腰を下ろした。

ティーポットに茶葉を入れ、湯が沸くまでの間、いったんリビングへ行く。

「今度は何のご用？」

「実はいくつか確認したいことが出てきまして」

「あら、また？」

「ええ。細かいことをとお思いでしょうが、報告書に書かねばならないものですから」

「刑事さんも大変ね。何でもきいてください」

「あなたの携帯電話についてなのです」

さゆりはエプロンのポケットから携帯を取りだす。

「これが、何か？」

「セキュリティはどうなっていますか？」

「えっと、これ、夫が設定してくれたの。指紋認証っていったかしら。指を当てると、ロックが解除されるの」

「はい。先日も操作されていましたね。事件の通報をしたのは、その携帯でしょうか」

「ええ。あのときも、エプロンのポケットに入っていたから」

「そこが引っかかるのです」

「どうして?」

またこの人、変なところにこだわってる。ゆらゆらと湧き起こる苛立ちを押し殺す。

「ご主人が転落されたとき、あなたはキッチンで夕飯の支度をされていた」

「ええ」

「レタスを洗っているとき、何かが落ちる音を聞いた。間違いありませんね?」

「そうだったと思うわ」

「携帯の指紋認証は、セキュリティ上は非常に有効ですが、指が水やお湯で濡れたりふやけたりすると上手く機能しないという欠点があります。水仕事をされていたあなたが、その直後に携帯のロックを解除できたのは、どうしてでしょう」

「よく覚えていないけれど、布巾か何かで手を拭いたんじゃないかしら」

「ご主人が庭で倒れているのに?」

「庭をのぞく前だと思います。大きな音がしたのはたしかですけど、まさか主人だとは思わなかったので。もしかすると、エプロンで拭《ぬぐ》ったのかも。ごめんなさい、よく覚えていないんです。あ、いまお茶をいれますから、少しお待ちになって」

福家はさっと右手を挙げ、キッチンに戻ろうとするさゆりを制した。

「その前にもう一つだけ質問を」

さゆりは表情が険しくなるのを抑えることができなかった。本当に、何て人かしら。

福家はさゆりの苛立ちに気づいた様子もなく、淡々と言った。

「立ち入ったことをうかがいますが、夫婦仲はいかがでしたか」

「え？」

「夫婦仲に問題はないとのことでしたが、聞きこみの結果ですね、正反対の証言をされる方が何人かいらっしゃいまして」

怒りが全身を駆け抜けた。

「福家さん、いったいどういうつもりで、そんなことを？」

「申し訳ありません。これも仕事でして。わずかな可能性でも潰していかねばならないのです」

「誰がそんなことを言ったのか判りませんけど、事実ではありません」

「ご主人はいつも帰宅が遅かったとか」

「ええ。仕事が忙しかったので」

「どうも、それだけではないようです。ご主人、行きつけのお店が何軒かありましてね、仕事が早く終わった日も、そこで食事をしたり、お酒を飲んだりしていたそうです」

「社長というのは激務ですから。息抜きくらいは当然じゃありません？」

「大変、申し上げにくいのですが、ご主人は奥さんへの不満をよく口にされていたようです」

「……それは、どんな?」

「詳しくは聞いていません。ただ……」

「嘘よ！　あなたなら、根掘り葉掘り聞き回っているはず。言ってください。知りたいの」

「いまさらお聞きになっても……」

「いいの。言って！」

「料理が口に合わないと。だから少し腹に何か入れてから帰る——そうおっしゃっていたそうです。そのほかにも……」

頭の中が真っ白になり、そこから先は、もう耳には入らなくなった。

「嘘よ」

さゆりは叫んでいた。

「主人がそんなこと、言うはずないわ。だって私、毎日、一生懸命……」

「似たような情報は数人から寄せられているので、信憑性《しんぴょうせい》は高いと思われます。私がおききしたいのは、こうしたことで何か揉め事が……」

「あるはずないでしょう。主人はいつも美味しいと言って食べてくれた。だから私も新しいレシピを調べて試したり……。そんなことおっしゃるなんて、ひどいわ」

さゆりの反応にも、福家は冷静だった。

「奥さん、落ち着いてください。関係者のことを調べるのは私たちの仕事なのです」

福家の淡々とした物言いは、あることをさゆりに決意させた。この人、やっぱり嫌いだわ。

さゆりは顔を伏せ、大きく息を吐くと、乱れた前髪を直す。

「ごめんなさい。一昨日からのことで、私も参ってしまっていて。そうね、あなたもお仕事ですものね。ああ、そうだわ、何か飲むものを……」

「あ、どうぞ、お構いなく」

さゆりは立ち上がり、リビングを出た。キッチンに向かうのではなく階段を上り、夫の書斎に入る。主《あるじ》を失い、存在意義を失った部屋。警察が私物を持っていったため、デスクの上などはほとんど何も残っていない。さゆりは部屋の奥にある、小型冷蔵庫の前に立つ。研究用の薬剤から息抜きに飲むビールまで、いろいろなものが詰めこんである。最下段の奥に、目的のものがあった。輸入物のオレンジジュースのパックだ。それを引っぱりだし、乱暴にドアを閉めた。

福家に気づかれないよう、そっとキッチンに入り、お気に入りのコップを一つだす。書斎から持ってきたパックを開け、注いだ。何の変哲もない、オレンジ色の液体だ。念のため匂いも嗅《か》いでみる。おかしなところはない。小さな盆にコップを載せ、リビングに戻った。

「お待たせしました」

さゆりはコップを差しだす。テーブルに置くとそのままにされそうだったので、手渡しに切り替えた。福家は右手でコップを受け取る。

「どうぞ、召し上がってちょうだい。主人が外国からわざわざ取り寄せたものなの。美味しいわよ」

インターホンが鳴った。

「誰かしら、こんなときに」

画面には、若い男の姿があった。顔に見覚えがある。現場検証の際、福家の後ろにくっついてウロウロしていた男だ。さゆりは受話器を取り、言った。

「何かご用?」

「そこに福家はおりますでしょうか」

「ええ、いらしてます」

「この時刻に迎えに来るよう言われていたのですが……」

「じゃあ、福家さんに代わりましょうか?」

「いえ、それには及びません。恐縮ですが、二岡が待っていると、お伝えいただけますか」

「二岡さんね。判りました」

受話器を置き、リビングに戻る。コップのオレンジジュースはまだ減っていない。

「二岡さんという方がお迎えにいらしてますよ」

「ああ、そうでした。いろいろあって、予定が遅れ気味なものですから……」

「待っていると伝えてくださいって」

「判りました。ありがとうございます」

「ねえ、そのジュース飲んでみて。本当に美味しいんだから。あなた、前回もその前も、私のだした飲み物に手をつけてくれなかったでしょう。ちょっと悲しかったわ」

福家は少し困った表情を浮かべたが、やがてコップをゆっくりと傾け、三分の一ほど飲んだ。

それだけ飲めば充分。あなたが悪いのよ。何度も何度も押しかけてきては、失礼なことをきいてくるんだもの。

再びインターホンが鳴る。二岡だった。

「たびたび申し訳ありません。福家にどうしても伝えたいことがありまして」

「判りました。どうぞ、お入りくださいな」

さゆりはリビングの様子をうかがうが、この位置からでは壁が邪魔で福家の姿を確認できない。

さゆりが玄関に向かうと、ちょうど二岡がドアを開けたところだった。

「あ、こんなときに、ホント、すみません」

「いいんですよ。お仕事、大変ですね」

「上がらせていただいてよろしいですか」

「ええ、どうぞ。福家さんはリビングにいます」

「ありがとうございます」

思わぬ訪問者だが、彼に発見者役を務めてもらうのも悪くない。立て続けに死体の発見者になるというのもね。

リビングから二岡の悲鳴が聞こえてきた。

「け、警部補！　しっかりしてください！」

あら、すごい効き目だわ。さゆりはリビングに駆けこむ。

「どうなさったの？」

福家がソファの脇に倒れていた。体をくの字に曲げ、ぴくりとも動かない。顔が反対側を向いているので表情は見えないが、あまり苦しんだ様子はない。さゆりは少しホッとした。

一方の二岡は、真っ青な顔色で携帯を手に、ここの住所を叫んでいる。救急車を呼んだのだろう。

携帯をしまうと、二岡はさゆりに向かってまくしたてた。

「少しの間、ここにいてください。ここにあるものには、いっさい触らないように。警部補にもです。すぐ、すぐ戻りますから」

二岡がリビングを飛びだすと、急に室内は静かになった。ソファを間に置いて、福家が倒れている。

「ごめんなさいね、福家さん。だって、あんまりしつこいから。主人のことは、正当防衛みたいなものだったのよ」

人差し指を立てた福家の右手がするりと伸びた。

「いまのは自供と取ってよろしいですね」

さゆりの目の前で、福家がむくりと起き上がる。髪も服も乱れておらず、少し斜めになった眼鏡もいつも通りだ。

「福家さん……あのジュースに毒は入っていなかったのです」

「あなた……」

「でも……どうして？」

「ご主人が用意していたジュースを、パックごと無害なものと入れ替えました。押収したパックは、鑑識に渡っています」

さゆりは、まだ現実を受け容れられなかった。こんなはずはない。いままで、自分が望んだことは、必ずその通りになってきた。いったい、どうしてこんなことになったのかしら。

福家はさゆりを見て言った。

「ご主人のパソコンを、鑑識で徹底的に調べました。一度消去したデータでも、ある程度は修復できるのです。お読みになったのですね。ご主人がたてた、あなたの殺害計画を」

こういうとき、どんな表情をすればいいのかしら。さゆりにはよく判らない。

福家は続けた。

「ご主人はまず、あなたを転落死に見せかけて殺そうとしました。屋根の足がかりのネジを緩めるという手段で。あなたはそれを逆手に取ったのです。殺害計画を読んでいたのであれば、ご主人が二番目と三番目の足がかりに乗って、四番目のネジを緩めようとすることも、判っていたはずです。だから、三番目のネジを事前に緩めた」

「あなた、判っていたのね。だから、わざと主人のあんな話を。私を怒らせて、オレンジジュースを使わせようとしたのね」

「はい。ご主人の殺害計画は、一つだけではなかった。転落死は計画としては見事ですが、確実性に欠けます。ですからご主人は第二、第三の計画もたてていた。毒殺は、転落死が失敗した場合に実行する第二の計画でした。計画書には詳細に書かれていました。毒は外国で入手したベラドンナ。珍しい輸入物のパックを使ったのは、取り違えを防ぐため。ご主人は毒入りジュースのパックを、書斎の冷蔵庫に忍ばせていた。タイミングを計ってあなたに飲ませ、自殺に見えるよう偽装するつもりだったのでしょう」

キッチンの方で音がする。ああ、またあの二岡とかいう男だわ。福家さんの召使い。

「ホント、綺麗に騙されちゃった。まさか、死んだふりをするなんてね。あ、だとすると、あれも作り話かしら。主人が私の料理への不満を口にしていたこと」

福家は答えない。

「そうよね、そうに決まってる。あの人、いつだって、私の作るものを美味しそうに食べてたんだから」

「あなたがだしたジュースを飲んで私が死んだとしても、あなたは、それを用意したのが亡くなったご主人であると主張できます。調べれば、ジュースも毒薬も購入したのはご主人だと判明するでしょうから。毒入りだとは知らず、私に飲ませてしまったと結論づけられる可能性は高かったでしょう」

「全部お見通しなのね。負けたわ」

男性の刑事二人が、両側に立っていた。さゆりを連行するらしい。

「あら、福家さんが連れていってくれるんじゃないの？」

「申し訳ありません。私はこれから山峯七奈美さんのところへ行かねばならないのです。今朝、意識を回復され、私に話したい事があるとおっしゃっているので」

「まあ、一緒に行ってくれないなんて残念だわ。でも、仕方ないわね。あ、七奈美によろしく伝えてください。今度、お見舞いに行くわって」

さゆりは微笑むと、両側を固める刑事たちに言った。

「じゃあ、行きましょうか。あ、ちょっと待って。福家さん、もうすぐマフィンが焼き上がるから、七奈美に持って行ってくださらない？　自信作なの」

安息の場所

一

スーパーの袋に入った拳銃は、思っていたよりも軽かった。浦上優子《うらかみゆうこ》は、買い物用に持ち歩いているトートバッグに、それを袋ごと入れた。

通りに面したドラッグストアの駐車場は、平日の夕方とあって、出入りが激しい。植えこみの前にいる二人に注意を払う者はいなかった。

優子に袋を手渡したのは、ベージュの帽子を目深《まぶか》に被《かぶ》った六十絡みの男である。会うのは十年ぶりだが、さすがに老いの影は隠しようもない。

午後四時半を知らせるチャイムが鳴り渡った。優子は男に向かって頭を下げる。

「本当にありがとうございます」

男はヒゲが薄く残る顎《あご》をさすりつつ、満更でもない表情で笑った。

「なぁに、あなたの頼みなら、何だってやるさ。こうして頼ってくれて嬉《うれ》しいよ」

「すっかりご無沙汰してしまって。よければ、いまのお店ものぞきに来てください」

「実は、もうすぐ日本を離れるんだ。仕事からも手を引いて、あとは悠々自適、海外でのんびり暮らそうと思ってね。まあ、何だ、これが最後の仕事かな」

「本当に、何とお礼を言っていいか……」

いる。

「だから、そんなものいいって。それより……」

男の顔が引き締まる。かつてはひと睨《にら》みで誰もが震え上がったという。その片鱗《へんりん》が残っている。

「何なら、俺が全部引き受けようか？　正直言って、あなたにこんなことはさせたくない」

その言葉に胸が詰まったが、優子はゆっくりと首を横に振った。

「いいえ、これは、私と師匠の問題ですから」

男はしばらく口を結んでいたが、やがて小さくうなずいた。

「あなたは変わらないなぁ。判った。もう何も言わないよ。ただ、相手が事務所に持っている写真やデータ、その辺は俺に任せてくれ。いやいや、親切で言ってるわけじゃない。その中に、ちょっと使えるネタもあるんじゃないかってね」

ここは大人しく受けておくべきだ。

「判りました。お任せします」

「念を押しておくが、弾《たま》は一発だけだ」

「一発あれば、充分です」

男の顔に、凄味のある笑みが浮かぶ。

「じゃ、もう行くよ。二度と会うことはないだろうな」

「お元気で」

「首尾よくいくことを祈っているよ」

夕暮れ迫る町を、男は杖をつきながら、ひとり歩いていった。冬の寒さが一際、身に染みる。優子はコートの襟《えり》をかき合わせ、男とは反対側の出口へ向かった。男と別れたとたん、先ほど軽いと思った銃が、ずしりと重みを増したように感じられた。

住宅地を抜ける道を右に曲がり、公園へ続く緑道《りょくどう》に入る。

公園の入口に、高校生くらいの少年が五人、携帯電話を片手にたむろしていた。皆、薄手のジャンパーをはおり、当てどのない暗い目を携帯の画面に走らせている。

優子は一番体の大きい、ひと目でリーダー格と判る柏田仁志《かしわだひとし》に声をかけた。

「何してんの、こんなとこで」

彼らの目が、一斉にこちらを向いた。

仁志があからさまに顔を顰《しか》めて言う。

「何の用?」

「別に」

「だったら、声かけんなよ」

毎度この調子だ。地元の工業高校に進んだものの、一年でドロップアウト、就職もせず、たまにアルバイトをするくらいでぶらぶらしている。

優子は言った。

「実習帰りの子を待ってるんでしょう? あんたらねぇ、真面目《まじめ》にやってる人間にちょっかいだすのは、止めた方がいいよ」

「うるせえよ、ババア」

睨みつけると、仁志は怯《ひる》み目を伏せた。優子はこの町で生まれ育った。彼らのことも、おむつをしていたころから知っている。

居心地悪げに目をさまよわせる一同に、優子は笑いかけた。

「ま、今日のところはいいわ。はい、これ」

仁志に封筒を差しだすが、警戒しているのか、受け取ろうとしない。

「何だよ」

「この間、店の周りを掃除してもらったお礼よ」

「いいのかよ」

「バカなことに使わないって約束すればね。あんたらが毎晩この公園で何をやってるか、判っているのよ」

「何のことかな」

うそぶきながら、ひったくるように封筒を取る。

「早く帰んなさいよ」

「はいはい」

彼らがそれとなく視線を交わし、薄笑いを浮かべるのを、優子は見逃さなかった。

頼んだわよ。心の中でつぶやきながら、その場を後にした。

緑道を早足で進み、道沿いにある六階建ての雑居ビルに入る。裏階段を使って二階に上がり、正面にあるドアの鍵を開けた。そこは三畳ほどの小スペースで、優子の私物や着替えなどが置いてある。コートをかけ、もう一つの扉を開く。開店準備は、出かける前に終えてあった。壁のスイッチを入れると、照明が六人がけのカウンターを柔らかく照らしだした。

着替えを済まし、身だしなみを入念にチェックすると、優子はカウンターの中に立つ。

午後六時、オープンと同時に男性客が入ってきた。優子は背筋を伸ばし、いつもの笑顔で言った。

「いらっしゃいませ」

二

忙しい夜になるか、暇なまま閉店時間を迎えるか。長くやっていると、不思議とそれが読めるようになる。この夜も、優子の読みは当たった。

開店から二時間で客は二人、その後も六人分の席がすべて埋まることはなかった。

「BAR　ソリティア」は六年前に開いた店だ。女性バーテンダーが一人でやっているということで、いまでも時おり雑誌などに紹介される。

女性バーテンダーと呼ばれることには不満を感じるが、極力、表にはださないよう努めてきた。理由はどうあれ、それが集客に繋《つな》がるのであればという開き直りと、バーテンダーとしての絶対的な自信が、いまの優子を支えている。

午前零時、店内には三人の客がいた。一人は駅前の商店街で自転車屋を営む小嶋《こじま》だ。月曜と木曜には必ずやってきて、シングルモルトを頼む。最近はきっちり三杯飲んで、閉店時間の午前一時に帰っていく。

あとの二人も常連だった。どちらもソリティアから歩いて数分のマッサージチェーンで働いていて、週に一度、定休日前にいつも二人でやってくる。どこかの居酒屋で飲み、締めにここを利用しているようだ。頼むのはマティーニ、ジントニック、モスコミュールなどのカクテルだった。

いま、二人はマティーニを飲んでいる。グラスに入った透明な液体はほとんどなくなって、一人がカクテルピンに刺さったオリーブを口に運んだところだ。

優子はさりげなく彼らの前に立つ。二人ともすぐにグラスを掲げた。

「俺はジントニック貰《もら》おうかな」

「じゃあ、俺も」

「ジントニックをお二つ。かしこまりました」

タンブラーに氷を入れ、カットライムを軽く搾る。ドライジン、続いてトニックウォーター、ほんの少量の炭酸を注ぎ、バースプーンで軽くステアする。

注文を受けてからサーブするまでの時間は三分以内とされるが、優子の場合はさらに早い。

定員六名とはいえ、アシスタントは置かず、店には優子一人だ。ボトル、グラスなどの位置、氷の取りだし方、すべて体に染みついていて、目を瞑《つぶ》っていても難なく動ける。

タンブラーを置くと、二人の顔がわずかに華やいだ。

「いつも同じもので申し訳ないね」

「いいえ、とんでもない」

「亡くなって、もう四年だっけ、師匠」

男性は壁の写真に目を向けた。タキシード姿で穏やかに微笑《ほほえ》んでいるのは、優子の師匠の原町卓《はらまちすぐる》である。

「世界バーテンダーコンクールで一位になったんだよね。すごいよなぁ」

「優子さんは、一番弟子だったんだよね」

ジントニックを一口飲んだ二人は、別の話題で盛り上がり始めた。優子は静かに彼らの前を離れる。

真ん中の席で赤い顔をしていた小嶋が、やはり空のグラスを掲げた。次が本日最後の一杯になる。

「同じものでよろしいですか？」

既に目がとろんとしている小嶋は、「ああ」とだけ言って、うなずいた。

優子は新しいグラスを取り、丸く削った氷を入れる。そこに琥珀色《こはくいろ》に輝くモルトウイスキーを注いだ。

グラスをそっとコースターに載せると、小嶋はすぐにグラスを取り上げ、光にかざした。

「この氷、すごいよね。真ん丸なんだもん。こうしておくと溶けにくいんだってね」

「はい」

小嶋は満足そうに「ふふん」と笑うと、グラスに口をつける。

ジントニックを飲み終えた二人が立ち上がる。

「お勘定、お願いね」

「はい」

支払いを済ました二人は、和やかな顔で外へ出ていく。

「ありがとうございました」

二人を見送り、カウンターに戻った優子は、手早く洗い物を片づける。

カウンター下に置いた電光式のデジタル時計で時刻を確認する。午前零時四十分。カウンターを出ると、ドアにかけたOPENの札を引っくり返してCLOSEDにする。客が少ないとき、閉店時間を若干早めることはこれまでにもあった。

小嶋の頭がゆらゆらと揺れている。三杯目のグラスは半分ほど空いていた。

午前一時ちょうど、優子は小嶋の手許にある携帯電話をそっと取って、自分の携帯と素早く入れ替えた。機種もケースもまったく同じだ。小嶋はもはやカウンターに突っ伏している。

表のドアに鍵をかけ、優子は着替え部屋に入る。コートをはおり、銃をポケットに入れた。

裏口を出て階段を駆け下り、人気《ひとけ》のなくなった道に出ると、駅とは反対方向に向かう。暗く入り組んだ小道を、小走りで抜けていく。何度もシミュレーションして、最善のルートを割りだしてあった。

住宅街を三分ほど進んだとき、遠くから乾いた破裂音が聞こえてきた。爆竹だ。

もう始めたの？　ちょっと早いわよ。

さらに足を速めた。

工事中のマンションの裏手にある公園で、夕方の悪ガキたちが爆竹を派手に鳴らしていた。時おり歓声も聞こえてくる。

優子は工事現場を取り囲む鉄柵に沿って進み、資材置き場の前で足を止めた。午前一時十一分。依然、公園の方角からは爆竹の音が響いている。

資材置き場を囲む金網の陰で、人の気配がした。優子はそちらに歩いていく。

この一帯は再開発区域で、建築中のビルや空き地が並ぶ一方、すぐ隣のブロックには昭和の雰囲気を残す古い住宅が軒を連ねている。

資材置き場は、その境目にあった。街灯が少なく、防犯カメラの視界からも外れている。古びた塀と金網に挟まれた資材置き場へと通じる路地に、久義英二《ひさよしえいじ》が立っていた。右手に紙袋を持っている。

十メートルほど離れた街灯の光が、痩《や》せて骨張った久義の顔をぼんやりと照らしていた。足許には吸い殻が三本、落ちている。

「遅いぜ。風邪ひいちまう」

酒と煙草のせいか、擦《かす》れて聞き取りにくい声だった。

優子は通路の入口に立ち、言った。

「こっちはお店をやっているの。簡単には抜けられないわ」

「ご立派なバーテンにおなりで」

「バーテンダーよ」

「へいへい。バーテンとは口にするなって、原町のおやじに何度も言われたっけな」

「期待されてたあなたが、ケチな強請屋《ゆすりや》になるなんて……」

「ふん、何とでも言え」

鳴り渡る爆竹の音に、久義は顔を顰める。

「くそうるせえ爆竹だ。それで、返事は？」

「払うわ。でもその前に、データがほかにないと証明してもらわなくちゃ。写真とネガの受け渡しだけで済む、昔とは違うんだから」

「そこは信用してもらうしかないな」

「強請屋を信用するほど、私はバカじゃない」

「うるせぇ！　いずれにせよ、あんたは金を払うしかない。ほかに手はねえんだから」

「怒鳴らないで。それより、その紙袋は何？」

久義はにやりと笑う。

「駅前の酒屋でビールを買ったんだ。そしたら店のおやじがさ、くじを引いてけって。引いたら三等賞。ワゴンにある酒の中から好きなのを一本、持ってけって言うのよ」

久義は袋から恭《うやうや》しい手つきで、アイリッシュウイスキーのボトルを取りだした。ブッシュミルズ・ブラックブッシュだ。

「迷ったんだけどさ、これにしたよ。世界一のバーテンダー原町が愛したウイスキー。俺からのプレゼントだ。持ってけ」

小馬鹿にしたように笑うと、紙袋を地面に放り、その上にボトルを置いた。

「さあ、受け取れよ」

怒りで全身が燃え立つようだった。優子はポケットから銃をだすと、両手で構え久義に狙いをつけた。目を見開いて銃口を見つめながら、久義は一歩後ろに下がる。

「お、おい、何の真似だよ。冗談はよせ」

優子は呼吸を整える。指先から肩、肩胛骨《けんこうこつ》までが一本の棒のように感じられる。

久義はようやく、自分の置かれた立場を理解したようだ。

「止めろ、止めてくれよ。判った、金はいらない。写真も渡す。ウイスキーのことも……頼む、忘れてくれ」

引き金を引いた。反動が両腕から肩に向かって駆け上がる。手応えはあった。久義は仰向《あおむ》けに倒れ、腹を押さえてうめいていた。一撃で仕留めるつもりだったが、急所を外してしまった。

周囲ではまだ、爆竹が盛大に鳴り響いている。

久義は俯《うつぶ》せになり、地面を這っている。少しでも優子から離れようと、通路の奥へ向かっていた。おびただしい血が流れている。優子は腕の力を抜いた。ふと見ると、金網に裂け目があり、そこから鉄パイプが数本、通路に転がり出ていた。その一本を握り締めたところではっとする。触ったところをティッシュで拭き、地面に転がした。まだ熱を持っている銃を丹念に拭《ぬぐ》い、通路の真ん中に放る。かすかな風に乗って、ティッシュが金網の中ほどに貼りついた。

優子は紙袋とボトルを見下ろす。ボトルには点々と血が付着していた。ブッシュミルズ・ブラックブッシュ。原町が愛したのは、ごくごく平凡なこのアイリッシュウイスキーだった。品揃えのよい酒屋であれば、二千円ほどで買える。

「余計なことをして……」

久義はもう、動かなくなっていた。

遠くで犬の吠える声がする。優子はボトルと紙袋を持ってその場を離れた。原町と関連づけられるものは残していきたくない。

家と家の間を縫うように続く細道を再び辿った。爆竹の音が消え、辺りは静寂に包まれており、自分の足音と息遣いだけが聞こえる。

午前一時二十五分、小道を抜け、ソリティアの入るビルが見える場所まで来た。

素早く通りを渡って二階へ上がり、店に入る。

カウンターでは、出たときと同じ姿勢で小嶋が眠っていた。時刻は午前一時半。ほぼ予定通りだ。店の電話の着信を確認すると、一件もなかった。紙袋とボトルをカウンターの下に置くと、優子は手洗いに入り、石鹸《せっけん》で両手を念入りに洗う。鏡で身だしなみを確認してから、小嶋をそっと揺すった。

「申し訳ありません、そろそろお時間です」

小嶋はすぐに目を覚ました。

「ん？　お、俺、寝てた⁉」

すぐに携帯で時刻を確認する。

「一時！　ごめんごめん、俺としたことが。お勘定してもらおうか」

小嶋は飲みかけだった三杯目のグラスをあおった。

「悪かったね、閉店時間まで」

「いいえ」

勘定を受け取りながら、優子は言った。

「今夜はあまり忙しくなかったですし、久しぶりに『SOLOS』へ行こうと思っていますから」

SOLOSというのは、ここから歩いて五分ほどのところにあるバーだ。バーテンダーの名《な》取佳美《とりよしみ》とは、古くからの友人でもあった。時間と体力に余裕があるときは、互いの店で客の気分を味わうことにしている。

予想通り、小嶋の顔が輝いた。

「いいね。俺も一緒に行っていいかな」

「もちろんです。では、お店を閉める準備をしますので、少しお待ちいただけますか」

「諒解！　ここに坐ってるよ」

小嶋は目をこすりつつ言った。まだ眠気は抜けていないようだ。優子はバックバーからラガヴーリンを取り、ショットグラスにたっぷりと注いだ。小嶋の前に置く。

「召し上がっていてください」

ウイスキーに目がない小嶋は頬を緩《ゆる》め、「お、悪いね」とすぐにグラスを取り、中身をあおった。

「うわっ、きくねぇ」という声を聞きながら、優子は奥の着替え部屋に引っこみ、小嶋の様子をうかがう。三分としないうち、彼はまた眠りに落ちたようだった。

素早く着替えて、店に戻る。カウンターを回りこむと、再び携帯を入れ替えた。その気配で小嶋が目を開いた。

「もう終わったの？」

「はい。それより、大丈夫ですか？　大分お疲れのようですけど」

「どうってことないよ。さ、行こうか」

優子は小嶋と共に店を出る。パトカーのサイレンなどは聞こえない。いつもの静寂が、深夜の街を支配していた。

三

もう我慢の限界だった。二岡友成《におかともなり》は停車している警察車輛の陰に隠れ、大あくびをした。早朝にもかかわらず、現場周辺は野次馬であふれていた。大半は寝ていたところを着の身着のまま飛びだしてきたようで、この寒い中、パジャマ姿の者もいる。老若男女を問わず、誰もが身を乗りだし、携帯で写真を撮っている。二岡はもう一度あくびをすると、車の陰から出た。

これだけの野次馬の前であくびなぞしようものなら、そして動画にでも撮られようものなら、すぐさま一一〇番に苦情が行くか、ＳＮＳなどにアップされ、二岡の弛緩《しかん》したあくび映像が世界を駆け巡るハメになる。

殺人現場だからって、こっちは寝不足なんだからさぁ。そんなことを考えていると、またあくびが出そうになる。

やばい……。あくびを止めるのって、どうするんだっけ。耳たぶをつまむ？　首を回す？

「鼻をつまむ」

すぐ傍《そば》で、聞き慣れた女性の声がした。

「うわぁ、福家《ふくいえ》警部補、いつの間に」

いつものスーツ姿ではあるが、髪は乱れて鳥の巣のようになっている。

「もしかして、警部補も寝起きですか？」

「シャワーを浴びて、寝ようとしたときに、臨場要請があったの。髪を乾かす暇もなかったから、どうにもまとまらなくて……」

クシャクシャの髪を手で整えようとするが、まったく効果がない。

「警部補、余計ひどくなっているみたいです」

「鑑識が、いい薬品を持っていないかしら」

「ありませんよ、そんなもの」

「そういうあなたも、かなり眠そうね」

「警部補と同じだと思います。夜中に帰宅して、カップラーメンにお湯を注いだところへ呼びだしです」

「事件は時と場所を選ばないから。それで？　被害者は向こう？」

塀と金網に囲まれた通路である。その真ん中あたりに、人が俯せで倒れている。写真撮影が済んでいないため、まだシートはかけられていない。

福家は、通路を入って十メートルほどのところにある血だまりの前で立ち止まった。

「凶器は銃ね」

「はい。そこ、いま警部補が立っているすぐ後ろに、凶器と思われる銃が落ちていました。薬莢《やっきょう》もすぐ傍に。既に回収して分析に回しています」

「あとでゆっくり見せてもらうわね。まずは……」

血だまりから、かすれた血痕が帯のように伸びている。その先にあるのは、遺体だ。

「ここで撃たれたけれど、即死ではなかった。被害者は犯人から這って逃げようとした」

「はい。そのようです。約五メートル這って、息絶えています。当たったのは腹で、弾は体内に留まっています」

福家は歩を進め、遺体の前に立った。風が吹いてきて、多少ましになっていた福家の髪を、元の状態に戻していく。当の福家はそれを気にした風もない。髪をかき上げる仕種《しぐさ》も止めてしまった。

「被害者の身許は判ったの？」

「免許証などから、久義英二、三十五歳と思われます。職業はフリーのジャーナリスト。こんな時間なので調べは済んでいませんが、どうやら、パパラッチまがいのことをして稼いでいたようです。つまりは強請屋だった疑いが濃厚です」

「財布や貴重品の類《たぐい》は？」

「現金は手つかずで、そこそこ値の張る腕時計もそのまま。物盗《ものと》りではないようです。携帯を持っていましたが、履歴も含め、めぼしい情報は皆無です。仕事柄、気を遣っていたようですね。それと、煙草がふた箱。一つは新品で、一つは三本減っています」

「それはどこで買ったものか、判る？」

「いいえ。レシートも残っていませんでした」

「強請屋が深夜、銃で撃たれた……。回収した銃が凶器と特定されたら、前科《まえ》がないか調べてくれる？」

「強請屋がやばい相手に手をだした。そんなところですかね」

「まだ判らない」

福家は立ち上がり、銃の位置を再確認して首を捻《ひね》った。

「うーん」

「どうかしたんですか？」

「銃に弾は何発入っていたの？」

「一発だけのようです。マガジンは空でした」

「犯人は通路の入口近くに立ち、被害者を撃った」

福家はおびただしい血痕に目を落とす。

「死亡推定時刻は？」

「午前一時から二時の間と聞いています」

「遺体発見は？」

「新聞配達員です。通報は午前四時三十二分」

「どうしてそんなに間があいてるの？」

「住宅街とはいえ、この一帯は再開発中で、工事現場の先は人気がありませんから」

「でも通りを挟んだ向こう側には、人がたくさん住んでいる。深夜に銃声がしたら、誰か一一〇番するでしょう?」

「それが、昨夜は近くの公園で爆竹を鳴らした連中がいましてね。おそらく銃声はそれに紛《まぎ》れ、住人たちは気づかなかったんだと思います」

「爆竹が鳴っていたのは何時まで?」

「まだそこまでは判りません。銃声はともかく、爆竹の方は警察に苦情が多数入っていて、交番の警官が名前などを確認しています」

「話を聞きたいわ」

「手配します」

「公園に警察官が臨場したのは何時?」

「午前一時十七分です」

「爆竹の音が銃声を消してくれた……。ずいぶん運のいい犯人ね」

「単なる偶然だと思いますよ。犯人が暴力団の構成員か何かなら、銃声なんか気にせず撃って、車で逃げるでしょうから」

「なぜ、弾は一発だけだったのかしら」

「え?」

「あなたが言うように、犯人が構成員、つまりプロなら、最低でも数発は用意しているはずよ」

「……何か事情があったんじゃないですか」

「うーん」

福家は首を傾《かし》げつつ、金網の裂け目から転がり出ている三本の鉄パイプを指さした。

「二岡君、あれ、指紋は採った？」

「写真は撮りましたが、指紋までは」

「すぐに調べてくれる？　三本とも」

二岡が合図すると、すぐに鑑識課員二人が指紋の採取を始めた。

「鉄パイプが、どうかしたんですか？」

福家は再び、鬱陶《うっとう》しそうに髪を撫《な》でつけ始めた。

「髪の毛のせいで気が散るわ。何とかならないかしら」

二岡の質問はあっさり無視された。福家は二岡の横をすり抜け、指紋採取をしている鑑識課員に近づく。

「どう？」

「三本のうち二本からは、複数の指紋が出てますね」

「残りの一本は？」

「不自然に指紋が消えている箇所があります。布か何かで拭き取ったみたいです」

「そう。ありがとう」

満足そうに微笑みながら、福家は立ち上がった。

「さて、ここはこんなものかしら」

「警部補」

鑑識課員がやってきた。手には証拠品を入れるビニール袋がある。

「被害者のポケットにこれが」

袋の中にあったのは、木を剣の形に削りだしたもので、長さ八センチほどだ。

「爪楊枝ですかね？」

二岡は首を傾げる。

「かなり凝《こ》った作りね……」

福家は目を細めた。

「ひとまず、鑑識に預けます。この後はどうされますか？　被害者の自宅か、もしくは……」

「爆竹」

「え？」

「爆竹の人に会いたいわ」

四

柏田仁志は、寝不足でしょぼつく目を懸命に開きつつ、ストローで野菜ジュースをすすった。大通りに面したコンビニの駐車場の車止めに腰を下ろし、ぼんやりと時の過ぎるのを待っている。

公園での宴《うたげ》は、駆けつけた警察官二人によってメチャクチャにされた。爆竹の音に驚いた住人が通報したのだろう。まとめ買いした爆竹も打ち上げ花火もその場に放りだし、皆、散り散りに逃げた。一人二人は捕まったかもしれない。

駅の反対側まで必死に走り、団地内の小さな公園に避難した。仲間がどうなったか確認したかったが、携帯で連絡を取り合うのは危険だ。仕方なく、やりたくもないゲームで時間を潰《つぶ》した。家に帰る気にはならなかった。

仁志の両親は数年前に離婚、現在は母親と駅近くのアパートに住んでいる。母親との折り合いは極めて悪く、顔を合わせれば喧嘩《けんか》だ。もっとも、大抵の場合、言い負かされるのは仁志で、飛んできた灰皿やら何やらで昏倒させられることもあった。

明け方、どうにも気になって、駅前に来てみた。周囲は拍子抜けするほど平穏で、道行く人は仁志に目もくれない。

ホッとしてコンビニに入り、パック入りのジュースを買った。

坐って飲みながら、これからの過ごし方をぼんやり考える。予定は真っ白だ。

ホント、つまんねえな。

そうつぶやいたとき、派手な開襟《かいきん》シャツを着た細身の男が、店の前を通りかかった。

「八木《やぎ》さん！」

思わず声をかけていた。一年ほど前、盛り場で出会った男だ。仁志より二つ年上の、地元でも有名なワルだった。高校には行かず、組事務所に出入りしているという八木に、仁志は憧《あこが》れていた。母親の希望で高校には入ったものの、退屈な毎日に嫌気がさしているころだった。八木は仁志に酒と煙草を教え、学校なんて辞めちまえと言った。

その後、月に一度の割で八木と飲んだ。高校生には到底入れない店に連れていってくれたこともある。払いはいつも八木が持ってくれた。

仁志は高校に行かなくなった。いずれは八木と同じ道を歩もうと決めていた。

声をかけられた八木は、仁志の顔を見るなり、陽気に笑い手を挙げた。

仁志は八木の前で頭を下げる。

「お久しぶりです」

「おお、悪いな。こっちも忙しくてよ。こんなとこで何してんだ?」

「ちょっと、いろいろあって……」

「へっ、冴えない顔してんな。こっちは美味《うま》い酒飲んで、朝帰りさ」

八木の体から、酒の臭いがプンプンしていた。

「で、前に俺が話したこと、考えてくれたか? おまえ、見所があるから、うちの事務所にさ……」

「ちょっと、よろしいですか」

突然、小柄な女性が割りこんできた。縁なしの眼鏡に、地味な顔立ち。話を遮《さえぎ》られ、カッときた仁志であったが、怒鳴るのは八木の方が早かった。

「何だ、テメエ！」

仁志も思わず声を失うほどの迫力だった。いままで仁志の前では見せたことのない、野獣のような顔だ。

しかし、小柄な女性は驚くでなし、怯《おび》えるでなし、平然と八木を見上げた。

「柏田さんと話があるのです。終わるまで、そちらで待っていてください」

女は街路樹の方を指さした。八木は目を真っ赤にしてうなり声を上げ、人通りがあるにもかかわらず、わめき散らした。

「いい度胸してんじゃねえか。ちょっとツラ、貸してもらおうか。あっちで俺といいことしようぜ」

女が、八木の眼前に黒い手帳のようなものを突きつけた。警察バッジだった。

「いいことって何かしら。具体的に教えてくれる？」

八木は酔いも手伝ってか、今度は下衆《げす》な笑い声を上げ、女性ににじり寄る。

「あんた、警官には見えねえな。所属はどこだ？　少年？　交通？　警官だからって、俺がびびるとでも思ってんのか！」

「ゆうべは『マゼラン&マヤ』でずいぶんとお楽しみだったようね」

八木の動きがぴたりと止まる。マゼラン&マヤというのは、新宿にあるクラブだ。連れていってくれと何度かせがんだが、そのうちに、とはぐらかされてばかりいる。

女性警察官は冷たい目で、八木の手を指す。

「手の甲に、入場したことを示すスタンプの跡がある。あのクラブは、あまりいい噂を聞かないのよね。未成年が出入りしているとか、質《たち》の悪い薬が売買されているとか。何だったら、所持品を見せてもらってもいいのよ。どう？」

八木は歯をむきだして女性警察官の足許に唾《つば》を吐き、街路樹の陰に行った。ぎらつく目で、こちらを睨んでいる。

女は携帯をだすと、どこかにかけて話し始めた。声が低いため、会話の内容までは聞き取れない。会話は三十秒足らずで終わった。携帯をしまうと、改めて警察バッジを仁志に見せた。

「警視庁捜査一課の福家といいます」

「捜査一課？」

八木と同じく、仁志も女性の所属は少年課か交通課だと思っていた。とまどいを隠しながら、仁志は福家を睨んで言った。

「俺に何の用？」

「午前一時前後、どこにいたかききたいの」

「何で？」

「私が知りたいから」

「俺には関係ねえよ」

「ゆうべの件で、あなたをどうこうする気はないわ」

福家の口調は穏やかだが、妙な迫力があった。仁志は強《こわ》ばってヒクヒクしている頬を無理やり緩め、笑ってみせた。

「ゆうべの件って、何のこと？」

「上手《うま》く逃げたと思っているでしょうけれど、臨場した警官が顔をしっかり見ている。あなたは、自分が思っている以上に有名人なのよ。私がどうしてここに来たか判る？　あなたの足取りは、すべて警察が摑《つか》んでいるの。私たちは、あそこのチンピラとは違う。舐《な》めてかからないことね」

福家の声が聞こえたらしい。八木が目をギョロつかせながら怒鳴った。

「何だと、こらぁ。言っていいことと悪いことがあんぞ」

やはり福家は無視する。

「これ以上、大ごとにしたくないでしょう？」

仁志は恐ろしくなっていた。どれだけ踏ん張っても、足が震えてくる。

「だ、だけど、何でだよ。何で、俺のことをそんなに……」

「あなたたちがいた公園の傍で、殺人事件があったのよ。私はその事件の捜査を担当している」

「さ、殺人⁉　そんな、俺は何も……」

「あなたが無関係なのは知っている。ききたいのは、なぜ、あの時間、あの場所にいたのか」

「なぜって言われても……。高校行ってるヤツらが帰ってくるのを待って、それから出かけた。だから、どうしても夜遅くなる」

「あの公園には、よく行くのね」

「まあ。金がないときは、いつもあそこ」

「でも、昨日はあった」

「え?」

「お金。爆竹を大量に買いこんでいたから」

「ああ、臨時収入があったんだ」

「ふーん」

福家はうなずきながら、表紙のすりきれた手帳をだす。仁志はいまどき手帳かよと思いながら、ページを繰《く》る様子を黙って見つめた。

「近所の人の話では、爆竹の音が始まったのは、午前零時過ぎ。間違いない?」

「ああ。そのころから始めたと思う」

「あなた、以前も同じ場所で爆竹を鳴らして補導されているわね」

「あの公園の脇にさ、鬱陶しい爺さんが住んでんだよ。年金暮らしですることがねえのか、いつもこの辺ブラブラしててさ、あれこれ文句をつけてくるんだ。ゴミの出し方が悪《わり》ぃとか、犬がうるせえとか。俺たちも言われ放題でさ。その仕返しのつもりで……。あ、だけど捕まってなんかないぜ。交番に連れていかれて、説教されただけさ」

「昨夜も、捕まるとは思っていなかったの？」

「別に。そんなこと、どうでもいいだろ」

「どうでもいい……か」

福家は、煙草をふかしている八木を横目で見た。

「もう行っていい？」

そう尋ねた仁志の前から、福家は動く気配もない。

「さっきもきいたけれど、公園に集まる時間はいつも決まっているのね」

「大体だけどね」

「花火や爆竹を始める時間は？」

「何となく集まって、適当にだべって、普段は一時くらいからかな」

「昨夜は大分早く始めている。どうして？」

「理由なんか……あぁ、金があったから、いつもよりたくさん買えたんだ。だから、早く始めた」

「さっき言っていた臨時収入ね。そこのところ、詳しく聞かせてくれないかしら」

「バイト代が入ったんだよ」

「アルバイト……」

刑事は手帳に何事か書きこんでいる。

「別に好きでやったわけじゃねえんだよ。頼まれて仕方なく……」

「頼まれたって、誰に？」

「ソリティアの浦上優子だよ。店前の掃除したり、空きビンを捨てたり、力仕事をいろいろ」

「その代金を、昨日貰ったのね。それは、前から決まっていたこと？」

「いや。たまたま道で会ったんだよ。そしたら、払ってくれた。思ったより多くてさ」

「ソリティアというのは何のお店？」

「バーだよ。浦上優子ってのは、そこのバーテンダー。この辺じゃ、みんな知ってるよ。昔はけっこうなワルで、いまでも怒るとすげえ迫力――」

「そう、ありがとう」

福家はパタンと手帳を閉じる。

「よっしゃあ」

八木が両手を打ち鳴らしながら近づいてきた。なれなれしく、仁志の肩に手を回してくる。

「さて、用事も済んだようだし、行くか」

何となく、八木のイメージが崩れ始めていた。俺はこんな人に憧れていたのか？　一度生じた疑念は、むくむくと膨《ふく》れ上がっていく。そんな内心の変化に、八木も気づいたのだろう。

「あれぇ、どうしたの、仁志君。いつもみたいにさ、ちょっとつき合ってよ。悪いようにはしないから。ちょっと事務所に顔だしてく？　紹介したい人もいるから」

二人の様子を、福家は間近で見つめている。

八木が怒鳴った。

「刑事さんよ、もう用は済んだんだろ。ならさっさと消えろよ。目障《めざわ》りなんだよ」

「あなた、この子をこれからどうするつもり?」

「んなことは、あんたに関係ねえだろう」

それでも、福家は動こうとしない。

「おら、どけよ。別に無理やり連れていこうってわけじゃない。本人同意の上で一緒に行くんだ。別に悪いことはしてないぜ。なあ仁志、俺と一緒に行くんだよなぁ、おら」

八木の口から甘ったるい臭いが漂ってくる。酒だけでは、こんな臭いにならないのではないか。肩を摑む手に、徐々に力が入り始め、痛いほどだ。

「あの、八木さん、俺……」

「何だテメエ、俺に恥かかすのか」

目で救いを求めるが、福家は動かず、冷たい目で見返してくるだけだ。

「刑事退場!　仁志君、行こうか」

きっぱり断りたいが、恐怖で言葉が出てこない。かろうじてできたのは、曖昧《あいまい》にうなずくことだけだった。

「おい、どけ」

八木が福家を押しのけようとしたとき、歩道の先に黒塗りの外車が急停止した。後部ドアが開き、サングラスをかけた長身の男が降りてくる。いかにも貫禄があり、着ているスーツには皺《しわ》一つない。

男を見た八木は、うわずった声を上げる。

「二宮さん！」

そう呼ばれた男は、歩道の柵を軽やかに乗り越え、八木と仁志の前に立つ。

「ほら、挨拶《あいさつ》しないか。二宮さんは弁護士でな、俺らのためにいろいろと……」

二宮の大きな拳が、八木の顔面にめりこんだ。妙な音を発して歩道に転がった八木をまたぎ越し、二宮は福家に近づいた。

「福家さん、うちのバカが迷惑かけたようで」

二宮は深々と頭を下げる。

福家は頭を下げる二宮に目もくれず、一言ぽつりとつぶやいた。

「躾《しつけ》がなっていないわ」

呆気《あっけ》に取られて立ち尽くす仁志の前で、福家は言った。

「どう？　あんな風になりたい？　若いうちは何をしようと勝手かもしれないけれど、もう少し考えて行動することね」

歩きだした福家が数歩進んで立ち止まる。

「高校くらいは卒業しておいた方がいいわよ」

福家の姿は、あっという間に小さくなり、交叉点の向こうに消えた。

鼻から血を流してわめく八木は、車から降りてきた別の二人に押さえつけられている。福家の姿が完全に見えなくなったところで、二宮がゆっくりと頭を上げ、ずれたサングラスをかけ直すと、仁志に向かって言った。

「兄さん、悪かったな。もう行きな」

仁志は言われるがまま、八木たちに背を向けて走りだした。後方から八木と二宮の声が聞こえる。

「な、何だよ。止めてくれよ。俺が何したっていうんだよ。助けてくれよ」

「うるせぇ、さっさと乗りやがれ」

八木への憧れは木っ端微塵《こっぱみじん》になっていた。俺はどうして、あんなヤツに……。

後悔が押し寄せてきた。半日、街をさまよった後、仁志は自宅に電話をかけた。すぐに母親が出た。

「母ちゃん、俺の実習服とかカバン、まだあるよな……ああ……また行こうかなって……」

電話の向こうで、母親は泣いていた。

五

浦上優子は、ソリティアのカウンターに坐り、携帯に表示された写真を見つめていた。カクテルグラスを持った丸顔の男が、豪快な笑みを浮かべていた。その脇に神妙な顔で立つのは、十年前の優子だ。日本バーテンダー振興会主催のカクテルコンテストで、優子が日本一に輝いたときのものだ。

師匠……。

自然とため息が出た。

本来なら、自宅で休息している時間だった。店に出てきてしまったのは、どうしようもない不安に苛《さいな》まれ、じっとしていられないからだ。

安息の場所——ここにいると不安は消え、落ち着くことができる。たった八坪の店、アシスタントも置かず、一人で切り盛りしている小さな店だが、優子の夢の結晶であった。

師匠、後悔はしていませんよ。

写真を見ながら、優子はつぶやいた。

今日泥酔した小嶋を自宅に送り届けたのは、午前三時半だった。すぐ店に戻り、売り上げの計算と洗い物などを済ました。はす向かいにあるコインランドリーでコートを洗濯した後は、殺人現場から持ち帰ったウイスキーの処分をするだけだった。

ブッシュミルズ・ブラックブッシュは、よく出る銘柄だ。師匠が愛した酒だったこともあって、注文する客が多い。中身を捨て、空き瓶をほかのものと交ぜて業者に渡したとしても、不審に思われる心配はない。

だが、ボトルを手にした優子は、流しの前で動けなくなっていた。酒を捨てることには抵抗があった。

『お酒を捨ててはいけない』

それは師匠の教えでもあった。

逡巡《しゅんじゅん》の末、優子はボトルをバックバーの隅に置いた。そこには既にブッシュミルズ・ブラックブッシュが二本ある。それが三本になったとして、誰が気づくだろう。

午前六時前。自宅に戻り、仮眠をとろうと横になったが、どうにも眠れない。何度も寝返りを打った後、結局あきらめて起き上がり、こうして店にやってきてしまった。

『休息もバーテンダーの仕事の一つです』

師匠に叱られそうだが、今日ばかりは許してもらおう。久義の件は、もうニュースで流れているだろう。しばらくは、この辺りもうるさくなるに違いない。

ふと人の気配がした。職業柄、そうしたことには敏感である。階段を上がってきたようだ。階段下の明かりはついておらず、店内の照明も落としてある。それでも、営業中と勘違いして上がってきたのか。優子は携帯をしまい、営業用の笑みを浮かべ、ドアが開くのを待った。

カランとドアベルが鳴り、小柄な女性が顔をのぞかせた。

優子は頭を下げ、言った。

「申し訳ありません。まだ営業しておりませんので」

女性は何も答えず、中へ入ってきた。

「あの、お客様」

聞こえていないはずはない。もしかすると、海外の方だろうか。日本語が判らないのかもしれない。簡単な英語と中国語ならできるが……。

「こちら、ソリティアですよね」

女性が日本語で言った。優子は内心ホッとしつつ、女性の品定めをする。

若く見えるが、年齢は三十代。化粧っ気はなく、地味……それどころか、髪を梳《と》かしてもいない。徹夜明けだろうか。医者か看護師、いや……。

とまどう優子をよそに、女性は興味津々の体《てい》で店内を見回している。

お酒に強そうではないし、こうした店に慣れているようにも見えない。にもかかわらず、入ってきた瞬間から店に馴染《なじ》んでいる。

いったい、何者……？

優子の困惑は、ますます大きくなった。

客の素性《すじょう》を見抜き、言われずとも相手のコンディションに合わせたもてなしをする。バーテンダーというのは、ただ美味《おい》しい酒を提供するだけではない、究極の接客業であると、優子は考えていた。

究極の接客を実現するためには、客の要望に合わせるだけではダメだ。時には、まったく気取《けど》られずに、こちらの望む通りに客を動かすことができなければ。

酔客を相手にするのだから、トラブルは少なくない。まして、店には優子一人だ。泥酔した客が暴れでもしたら、どうにもならない。

攻めの接客、それが優子の目指すものだ。そのためにもっとも必要とされるのが、客を読むテクニックだった。優子は師匠の許で、それを磨いてきた。そのおかげで、店を開いて以来、致命的なトラブルは起きていなかった。

そんなところへ現れた、この女性――。

彼女はカウンターに手をついて、酒の瓶をうっとりと眺めている。

仕方なく、優子は同じ言葉を繰り返した。

「申し訳ありません。まだ営業しておりませんので」

女はハッとした様子で優子に向き直ると、ぺこんと頭を下げた。

「こちらこそ、申し訳ありません。お酒が並んでいると、つい目を奪われてしまって。それにしても、この瓶の並び、実に美しいですね。綺麗に並んでいるお店はたくさんありますが、美しいと思うことはごく稀《まれ》です」

女性の表情から見て、ただ世辞を並べているわけではないらしい。

「ありがとうございます」

また沈黙が下りた。

「あ!」

女性は、肩にかけたバッグに手を入れる。

「私はですね……あら? おかしいわ、たしかに入れたはずだけれど……現場に忘れてきたのかしら」

現場?　現場って何のことだろうか。

「あ!」

捜し物が見つかったようだ。すぐに黒い手帳のようなものが、目の前に差しだされた。

「警視庁捜査一課の福家と申します」

女性が鈴の鳴るような声で言った。捜査一課が何をする部署であるかくらい、優子も知っている。

「あ、ああ……」

かろうじて口から出たのは、意味をなさない声だった。

福家は警察バッジをしまい、改めて優子を見た。

「今日の未明、ここから十分ほどのところで、殺人事件がありました。その件でうかがったのです」

「さつ……じん⁉」

芝居でも何でもなく、本当に驚いていた。なぜ、こんなに早く警察がやってくるのだろう。私は取り返しのつかないヘマをしたのか。

「あの……どういうことでしょうか。私、殺人なんて……」

「いえ、近隣の皆さんにお話をうかがっているのです」

福家は、もう一度、店の中を見渡す。その視線が、カウンターの片隅で止まった。

「あれはもしかして、カクテルピンでしょうか?」

剣の形に削りだした木製のカクテルピン。知り合いが経営する工場に頼んで作ってもらっている特注品だ。

「ええ。よくお判りになりましたね」

「素敵なデザインですね。一つ、いただいてもよろしいですか？」

「もちろんです」

優子は、グラスに差してある中から一本取って、福家に渡した。福家はピンを明かりにかざした後、バッグにしまった。

これで用件は済んだのかと思いきや、福家は改めて優子に向き直った。

「被害者は、久義英二さんといいます。ご存じではありませんか？」

久義が店に来たのは一度だけ、それも客が一人もいないときだった。ジンライムを一杯飲み帰って行った。顔見せのつもりだったのだろう。強請《ゆす》りの電話がかかってきたのはそのすぐ後だった。

「さあ。お名前だけでは、ちょっと……」

「フリーのジャーナリストだったそうです」

福家は携帯の画面を優子に向けた。パーティか何かの席で、グラスを持った久義が笑っている。財布などは残してきたから、身許はすぐに判っただろう。ネットで名前を検索し、この画像を見つけたというところか。

優子は首を左右に振った。

「ごめんなさい、記憶にありません。お客様のお顔は覚えるようにしているのですが……」

「そうですか」

福家はあっさり携帯をしまった。

「お役にたてなくて」

「こちらこそ、営業前に失礼しました。このお店はお一人で？」

「はい。この規模ですから、一人で充分です」

「それでも大変でしょう」

「お店を大きくしようって気がないものですから。大変なことといえば、重い荷物を運ぶくらいかしら。それも、大抵は配達の方がここまで持ってきてくれます」

「瓶は重いですからね」

優子は手首をくるりと回してみせた。

「腱鞘炎《けんしょうえん》にでもなったら大変です。シェーカーを振る感覚が狂ってしまうので」

「あれは微妙な感覚なのでしょうね」

「膝《ひざ》、腰、手首は、特に痛めやすいので、気をつけています。立ち仕事ですから、腰を痛めるバーテンダーが多いんですよ。私は手首が弱いのか、油断すると腱鞘炎になってしまうことがあって。あ、せっかくですから、何かお作りしましょう」

「いいえ、職務中ですから」

福家は表紙のすりきれた手帳をだして、パラパラとめくる。

「今日の午前一時から一時半の間、どこにいらっしゃいましたか」

「それは、どういうことでしょう。あ！　もしかして、アリバイの確認ですか」

「形式的なものですが、皆さんにおききしています」

「一時でしたら、閉店の時刻です。昨夜は常連のお客様が最後までいらっしゃって、店じまいのあと、友人がやっているお店にご一緒しました。三時くらいまで飲んで、お客様をご自宅へお送りした後、私はもう一度ここに寄ってから家に帰りました」

「一時から三時まで、ですか」

SOLOSの場所を告げると、福家は丹念にメモし、またぺこんと頭を下げた。

「お忙しいところ、ありがとうございました」

「いいんです」

「この時間はいつもお店に？」

福家は、何気ない調子できいてくる。これまでのやり取りを経て、優子はこの奇妙な刑事への認識を改めていた。凡庸《ぼんよう》を装っているが、それは本当の姿ではない。この女は鋭敏な感覚を持った優秀な刑事だ。

優子は当たり障りのない微笑みを浮かべ、言った。

「今日はたまたまです。ちょっと、新作カクテルを試したいと思って」

「そうですか。大切な時間なのにお邪魔してしまい、失礼しました」

福家はもう一度、店内を見回し、ゆっくりと手帳をしまう。

「一つ、お願いがあるのですが」

「何でしょう」

「営業時間にお邪魔しても構いませんか？　仕事ではなく、プライベートで」

「それはもちろん。大歓迎です」

「ありがとうございます」

福家はそう言って、店を出ていった。

一人になった優子は、壁にかかる師匠の写真を見上げる。

刑事は本当にまた来るだろうか。多分、来る。なぜかは判らないが、彼女は私のことを疑っている。

不安はまったく感じない。むしろ、愉《たの》しみですらあった。

彼女には、どんなお酒を勧めよう。カクテルを提供するとしたら、何がいいだろう。様々なレシピが、頭の中に浮かんでは消えていった。

六

橋本政利《はしもとまさとし》は、ため息をつきながら室内を見渡した。竜巻が通過した後のようだ。書類キャビネットはすべて引きだされ、デスクの上にあった電話機も床に転がっている。テレビはモニターが無残に砕け、電気スタンドから電気ポットに至るまで、破壊し尽くされていた。それでも、室内がガランとして見えるのは、パソコンを含む機器、書類、USBメモリ、DVDなどが持ち去られたからだ。

窓のブラインドは半分ほど上がっていて、そこから道の向かい側にあるオフィスビルが見えた。集まってくる警察車輛に驚き、多くの人が窓に張りついている。

室内には警察の鑑識課員が大挙して押し寄せ、作業の準備に入っていた。

「あのぅ、そろそろ外に出ていただけますか」

ふいに背後から声をかけられた。振り返ると、小柄なスーツ姿の女性が立っていた。周囲の警察官たちとは雰囲気が違うが、深くも考えず言われるまま廊下に出た。

ドアには「三〇一　久義英二」と印字されたプレートがかかっている。

「橋本政利さん、あなたがこの部屋の管理をされているのですね？」

先の女性に問われ、橋本は言葉に詰まった。聴取は刑事がやるものと思っていたからだ。

「え……いや、この部屋だけじゃなくて、マンション全体の管理をしています」

女性は細い目を丸くする。

「ということは、この建物全体があなたの持ち物なのですか？」

「ええ。親から継いだだけですがね」

六階建てのハシモト・スペルハイツは、橋本の祖父が建てた。立地の良さもあり、部屋が空くことは滅多にない。祖父の死後、父親は会社を辞め、あっさり管理人の地位に納まった。

その一人息子である政利もまた、一昨年、父親が死去したのと同時に管理人を務めることになった。大手工務店に事務職として勤務していた橋本には、これといった夢もなく、妻と一人娘が楽に暮らせる家賃収入は、大いに魅力であったのだ。

家族三人、穏やかに暮らすことができれば。それだけを考えて、この三年を生きてきた。

「あのぅ……」

女性がこちらの顔をのぞきこんでいる。

「どうかなさいましたか?」

「いえ、ちょっと混乱していまして……」

「無理もありません」

「こんなにメチャクチャにするなんて……。トイレの便座まで叩き壊している。どういうことなんでしょう?」

「犯人は、何かを捜していたと思われます。メモリカードなどは、わずかなスペースに隠せます。徹底的に捜して、根こそぎ持っていったのでしょう」

「何てことだ……」

「部屋の借り主である久義英二さんのことは、お聞き及びでしょうか」

「はい、ニュースになっていますから……。どうしてこんな大騒ぎをするんですか? 久義さんは被害者ですよね」

「たとえ被害者でも、場合によっては調べなければならないのです」

「捜査するのは判りますが、いきなりやってきて、部屋を見せろ。中に入れたら入れたで、今度は出ていけですよ。何をするのか説明してくれてもいいでしょう?」

「申し訳ありません。捜査は始まったばかりで、我々も手探りの状態なのです。いずれ、きちんとご説明いたします。その前に、いくつか質問をさせていただきたいのですが」

橋本は腕を組み、うんざりしつつもうなずいてみせる。

「どうぞ」

「久義氏がこちらに入居した経緯について、うかがいたいのです」

「別に特別なことはありません。不動産屋さんを通して、借りていただいてただけで」

「個人的なお付き合いなどは?」

「あるわけない」

「なるほど……」

女性は顎に指を当てながら、うなずく。

「もう行ってもいいですか? 用があったら、呼んでください」

橋本の自宅はマンションの最上階である。女性から離れ、エレベーターに向かおうとした。

「あのぅ……」

女性の声が追ってきた。橋本は苛立《いらだ》ちを抑えきれず、つい口調が険しくなる。

「まだ何か?」

「あなた、この部屋に入ったことはありますか」

「無論あるよ。久義さんが借りる前だがね」

「久義氏が入居してからはない？」

「入る理由もなかったので」

「今朝はどうです？　中に入りませんでしたか」

いったいこの女は、何を言っているんだ。苛立ちはさらに募《つの》った。

「どうしてあなたに、そんなことを答えなければならないんだ！」

かなりの剣幕で怒鳴ったはずだが、女は一向にこたえた様子もない。

「いくつかおかしな点があるのです。まずは窓のブラインドですが、我々が中に入ったとき、いまのように半分上がっていました」

「それが……何か問題なのか？」

「このマンションはビルに囲まれています。向かいはオフィスビルで、深夜、早朝も人がいます。つまり、三階といえども、人目がある。にもかかわらず、ここに押し入った賊《ぞく》は、ブラインドを下ろさなかった。おかしいと思いませんか」

驚きのあまり、橋本の思考は混乱する。この女は何者なんだ？　所轄か何かの、ただの女性警察官ではないのか？

「それはつまり……どういうことなのかな？」

「賊が去った後、我々が来るまでの間に、部屋に入った者がいるのではないでしょうか」

「入ったって、いったい誰が？」

「それはまだ判りません。部屋に入った人物は、賊が荒らした部屋を確認する。そして、ブラインドを上げ、下の道路を見る。すると、警察車輌がやってきて止まる。侵入者は慌てて部屋を出る」

「それはまあ、なかったとは言い切れない。でも、あなたの推測でしょう?」

「あなた、さっきトイレの便座のことを話しましたね」

「え? そうだった?」

「はい。便座まで叩き壊して、と。私、あなたが部屋に入ってきてから、ずっと観察していました。あなたは、トイレはおろか、ほかの部屋をのぞいてすらいない。にもかかわらず、どうしてトイレの様子が判ったのです?」

橋本は口を開いたものの、返す言葉を思いつけなかった。じわりと噴きだした汗が、首筋から背中全体を湿らせる。

女性はさらに声を低くする。

「ブラインドから指紋が見つかるでしょう。ガラス窓に手や顔をつけていたのであれば、DNAも検出されます。どうでしょう、いまのうちに事情を説明してくださいませんか」

女性はすぐには言葉を継がず、橋本の反応を見守っている。

やがて橋本の感情が噴出《ふんしゅつ》した。女性の素性や、逮捕への恐怖さえ、どうでもよくなっていた。頭にあるのは家族のことだけだった。

「脅されて……いたんです。久義に」

「詳しく話していただけますか」

「四年前のことです。娘の会社の同僚がホームから転落し、特急に撥《は》ねられて亡くなりました。そのとき、いろいろと疑われたんです、娘が。その同僚とは……その……」

「恋人同士だった」

「ええ」

うなずきながら、この女はすべて知っているんじゃないかと橋本は思った。調べ尽くした上で、尋問しているのではないか。しかし、女の表情からは何も読み取れない。

「結局、彼の死は事故として処理されました。ただ、そこに至るまでが大変でした。転落したときの様子や姿勢、ホームの混雑具合などを考え合わせてもなお、殺人の疑いが拭えないとかで。警察に何度も事情を聞かれました」

「ですが、最終的に事故と断定された。久義は何をネタに、あなたがたを脅したのですか?」

「写真がありました。偶然撮られたもののようですが、誰が撮ったのかは判りません。警察にも渡っていなかったものだと思います。その一枚には……」

それを見せられたときの衝撃は、いまも忘れられない。

「娘が被害者を押している……いや、押しているように見える瞬間が写っていました」

女性の顔つきが、心持ち険しくなった。

「詳しく聞かせてください」

「男性の死が事故ではなく、娘の仕業ではないかと疑われたのは、周囲にいた人の目撃情報のせいでした。娘が押したのだという、複数の証言が出てきたのです」

「それについて娘さんは何と?」

「自分も押されたそうです。背後から押され、玉突きのようになって、結果的に、ホーム際にいた彼が転落した。警察の調べでもはっきりしたことは判らず、結局は事故で処理されたようです」

「なるほど。いずれにせよ、その瞬間の写真を持っていた久義氏が、それをネタにあなたを強請った」

「強請ったといっても、要求はこの部屋と月々の家賃だけでした。娘は事件以来参ってしまって、一時は自宅から外に出ることもできませんでした。最近になって、ようやく回復の兆《きざ》しが見え、私や妻と一緒なら外出できるようにもなりました。そんなときに、またこの写真が出たりしたら……」

女性は深々とうなずいた。

「事情は判りました。では、昨夜からのことを話してください。あなたはなぜ、警察が来る前にここに来たのですか?」

女性の魔力にも似た力で、娘のことをペラペラ喋《しゃべ》ってしまった。橋本は言った。

「あなたは不思議な人だ。私たち家族は、警察を憎んで生きてきました。絶対に協力しないと決めていたのに」

女性は目を伏せると、しばし黙りこんだ。橋本の言葉を心の内でくり返しているようだった。やがて彼女は顔を上げ橋本と目を合わせた。

「それは娘さんの事件が、まだ終わっていないからです。あなたの中で」

「どうすれば、終わらせることができますか?」

「私からは、何とも申し上げられません。警察を信じてくれとも言いません。ただ、どうかあきらめないでいただきたいのです」

全身から、するすると力が抜けていった。涙があふれてくる。それを拭いながら、橋本は言った。

「昨夜、電話があったんです。非通知で、初めて聞く声でした。『久義の部屋の鍵を開けておけ、そうすればあなたの娘さんは守られる』」

「あなたはその言葉を信じた」

「信じるも何も、断る理由はない。合い鍵で玄関を開け、そのまま床に就きました。ただ、いろいろと気になってあまり眠れませんでした」

「物音を聞きましたか?」

「いえ、まったく。朝起きて、妻と娘が買い物に出かけるのを待って、久義の部屋を覗きにきました。あとはあなたが言った通りです。荒らされた部屋をひと通り見て回ったとき、警察が来たことに気づきました。慌てて自宅に戻り、待機していました」

聞き終えた女性はにこりと笑い、言った。

「ありがとうございました。ご自宅に戻っていただいてけっこうですよ」

「え？」

「後のことは、こちらで処理しておきます。あなたは何も気にしなくて結構です」

「気にしなくてって、どうしてあなたにそんなことが言えるんですか？」

「私がここの責任者なので」

「は？」

「早くご家族のところに戻ってあげてください」

「でも……」

「娘さんの件は、少し調べてみましょう」

「何ですって？」

とまどう橋本の前に、警察バッジが差しだされた。

「警視庁捜査一課の福家と申します」

七

小嶋力雄《りきお》は、しつこい頭痛に耐えながら、パソコンの画面を見つめている。胸のむかつきはようやく治まったが、食欲はまったくない。起きてから、白湯《さゆ》を二杯飲んだだけ。こんなひどい二日酔いは久しぶりだ。

何とか店を開けたものの、客は二人、それもタイヤに空気を入れただけだ。小嶋の店で買った自転車なら、無料で空気を入れることにしている。

「つまり、売り上げゼロってことだ」

小嶋はパソコンをスリープさせると、デスクを平手で叩き、立ち上がった。

今月の売り上げも芳《かんば》しくない。交叉点の向こうにできた、大型サイクルショップの影響は甚大《じんだい》だった。

小嶋の家は一階が店舗、二階が住居である。ここに店を開いて六十年、父子《おやこ》二代にわたって切り盛りしてきた。両親は既に他界、小嶋自身は十年前に離婚し、今年二十歳になる息子にも長らく会っていない。

店には、売れ筋の電動アシスト自転車を始め、選《え》りすぐりの商品が並ぶが、店構え、価格、多くの点で新興の店舗に後れを取っていた。

世は自転車ブームだというが、小嶋の店にその恩恵は及んでいなかった。

いまは、たまに来る近所の常連や修理依頼で、細々とやっている状態だ。店の隅にある三輪車の埃《ほこり》を払い、小嶋はため息をつく。

そろそろ潮時かもな。

土地を売ってくれという依頼は、引きも切らない。親から引き継いだ店は一等地にあり、大した広さではないが、のんびり余生を送るくらいの蓄《たくわ》えにはなる。

最近はすっかり弱気の虫に取りつかれ、そのせいか、酒も弱くなってきた。

小嶋は週に二度、外で飲む。大抵はバーに行く。お気に入りはSOLOSとソリティア、共に女性のバーテンダーが一人で切り回している。接客も雰囲気も申し分なく、これといった趣味もない小嶋にとって、店で過ごすひとときは数少ない憩《いこ》いの時間だった。

しかし、この調子で収入が減っていけば、早晩、飲みに行く回数を減らさねばならない。いまは週に二日ソリティアへ行き、気分次第でSOLOSにも顔をだしている。それを半分にするとして——。

ハシゴを止め、ソリティアとSOLOSを週に一度ずつとするか、どちらかの店をすっぱりあきらめ、週に二度、同じ店に通うか。

悩ましいところだな。

カラカラと引き戸が音を立てて開き、小柄な女性が入ってきた。肩に革製のバッグをかけている。奥でバーのことをぼんやり考えていた小嶋に、ぺこんと頭を下げる。

「いらっしゃい」

初めて見る顔だ。ご近所さんではない。さらに言えば、自転車を買いに来たとも思えない。長年、店に立ってきたのだ、その辺はひと目見れば判る。

はは ぁ、勧誘か。投資か宗教か。もしかすると、詐欺《さぎ》かもしれない。最近は土地をエサにした投資話で、なけなしの金を高齢者から取り立てる、悪辣《あくらつ》な詐欺師集団が横行していると聞く。

女性は店内の自転車に目をやりながら、まっすぐ小嶋の前に来た。

「こんにちは。店主の小嶋さんでしょうか」

「ダメだ、帰んな」

「は?」

「警察を呼ぶのは勘弁してやるから、黙って帰んな」

「警察は……呼ばなくてもいいと思いますが」

「なにふざけたこと言ってやがる。俺は真面目に言ってんだぞ。いますぐ帰らないと警察を……」

小嶋は携帯を取りだす。さぞ慌てるかと思いきや、相手は平然としている。

「何か勘違いをされていると思います」

「ふん、どう言《い》い繕《つくろ》ったってダメさ。何年商売してると思ってんだ。あんたが自転車を買いに来たようには見えないんだよ」

「あ……たしかに。自転車を買いに来たわけではありません。そもそも私、自転車に乗れないのです」

「あん? 乗れない?」

「お恥ずかしい。どうもあの、二輪の物体が倒れもせず走ることに、納得できないのです」

「あんたみたいなのが、たまにいるんだ。頭がよすぎるんだよ。考えちゃダメ。体で覚えるんだよ。ほら、有名なセリフがあるだろ。感じるな、考えろ」

「逆です。考えるな、感じろ」

「そうそれ……」

俺はどうして詐欺師と仲良く会話してるんだ？　危ない、危ない。相手はプロだ。こうやってターゲットを懐柔《かいじゅう》し、いつの間にか懐《ふところ》に入りこむのだ。

「とにかく、警察を呼ぶから」

女性は首を傾げ、何か考えている様子だったが、やがて真剣そのものといった面持《おもも》ちで話し始めた。

「お聞きしたところでは、詐欺被害に遭《あ》われたようですね。いえ、心配ご無用です。私の方から、きっちり連絡して、しかるべき処置をします」

また話が妙なことになってきた。

「ちょっと待ってよ。俺は詐欺になんか遭ってないよ。それよりさ、どうしてあんたが、わざわざ警察に連絡するのさ？　連絡されて困るのはあんただろう？」

「どうして私が困るのですか？」

「そりゃあ、詐欺だからさ」

「どうぞお気遣いなく。担当部署は違いますが、犯罪は犯罪ですから、しっかりと対処します」

「いや、だから、何であんたが対処すんの？」

「警察ですから」

「え？」

小嶋の前に、黒い手帳のようなものが差しだされた。

「申し遅れました。捜査一課の福家と申します。今朝、資材置き場脇で見つかった遺体のことで、お話をうかがいたいのです」

小嶋はほっそりした小柄な女性と、身分証の顔写真を見比べる。間違いない、刑事だ。

「それならそうと、早く言ってくれよ。あれこれ余計なことを考えちまった」

「それで、詐欺の件というのは……」

「いや、もういいの、全部解決」

「本当ですか？　もしお困りでしたら……」

「困ってることといったら、客が全然来ないことくらいさ。そろそろ店を畳もうと思ってる」

「あら、それはもったいない」

「だけどあんた、自転車に乗れないんだろう」

「一メートルと行かないうちに、引っくり返ってしまうのです」

「練習すりゃあ、誰でも乗れると思うけどねぇ。まあ、そんなことはどうでもいい。で、あの殺人事件のことだって？　昨夜は近くにいたわけだけど、何も見てないよ。俺、行きつけのバーで飲んでたから」

「ソリティアとSOLOSですね」

もうそこまで調べがついているのか。

「飲みすぎちゃって、記憶が曖昧なところもあるけど」

「覚えているところだけでけっこうです。まず、最初のお店には何時ごろ？」

「ソリティアに十一時くらいだな。いつも九時に店を閉めて、風呂に入ってから出かけるんだ」

「お店には何時くらいまで？」

「あそこは午前一時が看板なんだよ。とは言え、三杯目を飲んでる途中で寝ちまってさ、バーテンダーの浦上さんに起こされた」

「閉店時間になって、浦上さんに起こされた。それは昨夜が初めてですか」

刑事は妙なところに食いついてきた。

「ああ、眠りこけちまったのは初めてだね。俺はスコッチが好きでさ、シングルモルトを頼むんだ。最近は懐が寂しくてね、いつも三杯までって決めてる。だから普段はベロベロになる前に店を出るんだけど。昨夜はどうした加減か、酔いが回ってね」

福家は表紙のすりきれた手帳に何か書きこみ始める。

「飲まれた量は、いつもと同じくらいですか？」

「同じくらいも何も、おんなじさ。三杯って決めてるんだから」

金がないんだから仕方ないだろう――と心の内でつぶやく。

「それなのに、昨夜に限って酔い潰れた……」

「潰れたわけじゃないさ。ほんのちょっと眠っちまっただけだよ」

「うーん」

福家はボールペンで、コンコンと額を叩く。

小嶋は不安になってきた。

「あの……俺、何かまずいこと、言った？」

「いえ、そんなことはありません。ただ……」

「ただ？」

「うーん」

「ちゃんと答えてくれよぉ。気になるじゃないか」

「昨夜、ソリティアにいたとき、普段と違ったことはありませんでしたか？」

「別に。客の入りはそれほどでもなかったけど、その分バーテンダーの浦上さんと話もできたし、酒は美味かったし」

「あのお店には、時計がありませんね」

「え？」

質問の内容がころころ変わる。

「ああ、そのことか。浦上さんの方針で、時計は置いていないんだそうだ。時間を気にするとリラックスできない人もいるんだってさ」

「なるほど。ではなぜ、バーテンダーに起こされたのが一時と判ったのですか？」

「浦上さんが閉店時間だと言ったし……あそこ、一時で閉まるんだよ。それに、携帯電話で確認したからね」

小嶋はレジ横のテーブルに置いてあった携帯を指す。

「たしかに一時だったのですね」

小嶋はムッとして眉をひそめた。

「たしかだよ。酩酊《めいてい》してたわけじゃないんだからさ」

「起こされたあなたは、店を出た？」

「勘定を済ましてからね。ただ、一人でじゃないよ」

「と言いますと？」

「浦上さんがSOLOSに行くって言うから、一緒に行った。彼女が行くときは、頼んでついていくんだよ。店はソリティアから歩いて五分くらいのところにあるんだけどね」

「SOLOSで時刻を確認されましたか？」

「やけにこだわるんだな。SOLOSにも時計はない。あそこはソリティアより徹底しててさ。バーテンダーの名取さんは基本、携帯で時間チェックもしないんだ。始発電車の音を聞いたら店を閉めるんだって。すごいよね」

「では、時刻の確認は、ご自分の携帯で？」

「ああ。三時までいて帰ったよ。ちなみにSOLOSで飲んだのはウイスキー一杯だけ。寝たりしてないよ」

「つまり、一時から三時まで、ずっと浦上優子さんと一緒だったのですね？」

「ああ。ちょっと待って、刑事さん。俺のアリバイを確認してるわけ？　止めてくれよぉ。俺、悪いことは何もしてないよ」

福家はパタンと手帳を閉じる。

「承知しています。形式的な質問ですので、気にしないでください」

「気にするなって言っても、気になるよぉ。こんなことになるんなら、家で飲んでればよかったなぁ」

台所の棚には、常にウイスキーのボトルがストックされている。

「でもたまには、いい酒を飲みたいしな」

ソリティアもSOLOSもいい酒が揃っているし、カウンターで過ごす贅沢《ぜいたく》な時間は何物にも代え難い。それくらいの贅沢は……。

おぼろげな記憶の中に、ふと差しこむ光のようなものがあった。

「待てよ」

ボールペンをポケットに入れようとしていた福家の手が止まる。

「何か？」

「いや、わざわざ言うほどのことじゃないと思うんだけど……あんた、いま言っただろ、普段と違ったことはありませんでしたかって」

福家は瞬《まばた》きもせず、小嶋を見つめている。

「俺、浦上さんに起こされてすぐ、グラスに残ってた酒を飲み干したんだ」

「それは、三杯目のウイスキーですね」

「そう。それが……何と言うか、いつもより薄く感じたんだよなぁ。だけど俺、かなり酔っ払っていたからさ、味の微妙なところまで判るはずはないんだ。なのに、何でか判らないけど、三杯目は薄かったたって、頭に残ってんだよ。悪いな、妙なこと言っちまって」

恐縮する小嶋の前で、福家は目を輝かせている。

「それは、実際に味を記憶しているわけではなく、まったく別のものが小嶋さんの感覚に触れたのではないでしょうか」

「……難しくてよく判らないな。うーん、何で三杯目の味だけ覚えてんのかなぁ。あんときは、かなり酔ってて、眠くて、それでも酒残すのがもったいなくて、一気にあおって……あ！」

ぼんやりしていた記憶が、一瞬にして鮮明になった。

「氷だよ、氷。あんた知ってるかどうか判らないけど、ソリティアの氷は丸いんだ。真ん丸なの。浦上さんが手で削りだしてんだよ。いや、あれだけでも、すごい技術だと思うよ」

「氷を丸くするというのは、見た目の美しさはもちろん、溶けにくくする効果もあるようですね」

「さすが刑事さんだ。何でもよく知ってるね。そう、溶けにくいの。だけどさ、昨夜の三杯目、氷がすっかり溶けてたんだよ」

福家の目つきが鋭くなった。いままで毛糸玉でじゃれていた猫が、獲物のネズミを見つけたかのようだ。小嶋は背筋に冷たいものを感じた。

「酒は三杯までって決めてるだろう？　だから、飲むペースも大体同じなんだよ。閉店の一時に、三杯目を飲み終わって帰る。ま、昨日はうつらうつらしちまったから多少ペースは乱れたけど、いつも帰るとき、氷はグラスに残っているんだ」

「それが、昨夜はなかった。つまり、溶けきっていたということですね」

「そう。だから、何となく最後の一杯が薄く感じたのかな。あ、それとも、その後にサービスしてくれたラガヴーリンのダブル。あれがガツンときたから、そう思っただけかもしれない。あれを飲んだあと、もう一度うとうとしちゃったんだよ。そんなんだったから、俺の思い違いかもな」

「それはどのくらいの時間ですか？」

「何が？」

「うとうとされていた時間です」

「二、三分だと思うよ。浦上さんに起こされたんだ」

「なるほど。とにかく、ありがとうございます。素晴らしい記憶力ですね、助かりました」

福家の表情はまた、どこかぼんやりとした、邪気のないものに戻っていた。

「そんなことはないよ。もう年だから」

「いいえ、なかなか真似できることではありません。ご自分では気づいていないだけだと思います」

福家はさらに礼を重ねると、頭をぺこんと下げて出ていった。

妙な刑事だったな。

そんなことを思っていると、同じ町内に住む緑川睦子《むつこ》が、自転車を押しながらやってきた。睦子は今年八十になる。一人暮らしで、買い物に自転車を使っている。小嶋は店の前に飛びだした。

「どうしたんだい」

「どうもこうもないよ。これが動かなくなって」

睦子は疲労困憊《こんぱい》の体で、自転車を指さす。見ると、チェーンが外れている。

「ああ、ちょっと待ってくれよ」

小嶋は軍手をして、作業に取りかかった。睦子は年齢の割に乗り方が荒い。もう少し、マメに手入れをしないとな。

そこへいくと、筋向かいの奥さんは乗り方が上手いよな。だけど、そろそろタイヤの空気を入れないと。待てよ、裏に住む小杉のヤツ、この間、ライトが切れたまま走ってたな。交換してやらなきゃ。

これまでに売った自転車が、次々と頭の中に浮かんだ。意識したことはなかったが、小嶋は自転車とそれを買った顧客《こきやく》の顔は、ほとんど覚えている。だから、いま自転車がどんな状態であるかなども把握できている。

『ご自分では気づいていないだけだと思います』

あの刑事の言葉がよみがえった。

そうか……。言われてみれば、その通りだな。こんなことは、こじゃれた新参のサイクルショップには、できないもんな。

睦子はホッとした様子で、小嶋の手先を見つめる。

「駅前にできた自転車屋に行ったんだけどさ、自分とこで買ったものでなくちゃ、修理しないんだとさ。まったく、嫌になっちゃうよ」

「そりゃそうさ。修理だけじゃ、儲《もう》からないから……おっと失敬。うちはどんなお客さんでもオーケーだからね」

「いつも近所の人と言っててんのさ。小嶋さんとこがなくなったら、うちら引きこもるしかないねって」

小嶋は笑いながら答える。

「大丈夫。店を閉めたりしないよ。体の自由が利く限り、ここでやっていくからさ」

八

優子はいつも通り午後六時にドアの札をOPENにした。

刑事の訪問を受けた動揺は、もう消えた。多少の疲労感はあるが、いつもとそう変わりはない。

氷は削り終わり、果物の仕込みもできている。優子の予想では、今日は混むはずだ。

さっそく、ドアを開けて客が三人入ってきた。

「いらっしゃいませ」

今日からまた、これまで通りの毎日が始まるのだ。


午前零時過ぎまで、六席の椅子は空くことがなかった。満席で帰ってしまった客も少なからずいた。新規の客も多く、皆、満足してくれた様子だった。何人かはリピーターになってくれるだろう。

いま残っている客は三人。それぞれに出来上がっている。これ以上、勧める必要もない。優子はそうとは判らぬよう、ホッと肩の力を抜く。三人が帰ったら、少し早めに店じまいとしよう。

そんなことを考えていると、カランとドアベルが鳴り、あの刑事と目が合った。驚きを押し殺し、優子は「いらっしゃいませ」と頭を下げる。

三人の先客は店の奥側に固まっている。優子は福家を反対側の窓際に案内した。

福家はバッグを置くと、目を輝かせながら言った。

「お言葉に甘えて、来てしまいました」

「ありがとうございます。大歓迎です」

おしぼりを渡し、手を拭き終わったころを見計らって、キウイとイチゴのドライフルーツの載った小皿をだす。お通しである。

福家はイチゴをひょいとつまみ、口に入れた。

「美味しい！」

パイナップルやマンゴーなど数種類のドライフルーツは、すべて優子の手製だ。福家はキウイもペロリと平らげ、うっとりとした表情で、口に広がる甘味を楽しんでいるようだった。

「もう少しお持ちしましょうか？」

福家は目をぱちくりさせると、「そうしたいのは山々ですが」と言いながら、ボトルの並ぶバックバーを指さした。

「ああ、いい並びです。うっとりします」

バックバーだけで、ここまで感動されたのは初めてだ。

「ありがとうございます。何になさいますか？」

「ジントニックをいただけますか」

ジントニックは店の顔だ、初めての店ではジントニックを頼むといい――そんな記事を読んだことがある。もっと自由にお酒を楽しめばいいのにと思う一方、核心を衝《つ》いている一面もあった。

コースターにタンブラーを載せ、そっと福家の前に指先で滑らせる。福家は、照明をほんのりと浴びている液体をじっくりと眺め、おもむろに口をつけた。

福家の様子を見ていたいところだったが、三人の客が相次いで会計を頼んできた。三人でさらにどこかへ繰りだすらしい。

見送りを済まし戻ってくると、タンブラーは空になっていた。

優子は福家の正面に立ち、言った。

「何か、お作りしましょうか?」

「一杯だけで帰ろうと思っていたのですが、そうもいかなくなりました。マティーニをいただけますか」

「マティーニ、かしこまりました」

氷を入れたミキシンググラスに、ドライジン、ドライベルモットを入れる。バースプーンでステアした後、ストレーナーをかぶせ、カクテルグラスに注ぐ。カクテルピンにさしたオリーブを入れて、完成だ。グラスの表面は、冷気でほんのり曇っている。

福家は差しだされたカクテルグラスを、やはり感嘆の目で眺めた後、ゆっくりと口許に運ぶ。

「仕事を切り上げて、来た甲斐がありました。ゆっくりお酒を飲むなんて、久しぶりです」

「大変なお仕事なんですね」

優子は福家の前を離れ、流しでグラスを洗う。福家は気にした様子もなく、ハイペースでグラスを空けていく。

グラスをすすぎ、タオルで手を拭ったとき、マティーニはなくなり、オリーブだけになっていた。福家はグラスを置くと、カクテルピンをつまみ、オリーブを口に入れた。指先でくるくるとピンを回し、眺めている。

優子は再び彼女の前に立ち、言った。

「お持ちいただいて構いませんよ」

「あらためて見ても、本当に見事な出来ですね」

「よろしかったら、お使いください」

優子は名刺サイズの透明袋をカウンターに置く。

「そうおっしゃる方が多いので、用意しているんです」

「ありがとうございます」

福家はうきうきした様子でピンを袋に入れると、バッグにしまった。

「何か、お作りしましょうか？」

「では、サイドカーを」

「サイドカー、かしこまりました」

バーマットに伏せておいたシェーカーを取り、氷を入れる。ブランデー、ホワイトキュラソー、レモンジュース、それにほんの少量のオレンジジュースを加え、シェークする。BGMの音量は絞ってあるので、店内にシェーカーを振るシャッシャッという小気味よい音が響き渡る。腕の振り、手首の返し、動作が小さくならないことだけを考える。

頃合いを見て、中身を一気にカクテルグラスへと注いだ。橙黄色《とうおうしょく》の液体が、照明を受けて優しく浮かび上がる。

福家は愛おしそうにしばらく眺めた後、なめらかな動作でグラスを傾けた。

「美味しい」

「ありがとうございます」

時刻は零時半。もう新たな客は来ないだろう。グラスが半分ほどになったところで、優子は尋ねた。

「捜査の方はどうですか？　この辺りは、その話で持ちきりなんですよ」

「鑑識の結果も出揃っていませんし、まだ何とも言えません」

「この近所で人殺しだなんて、本当に怖いわ。しかも、銃で撃たれるなんて」

「凶器は現場に残されていましたので、前科などを確認中です」

「あのぅ、福家さん？」

「何でしょうか」

「私の方から尋ねておいて恐縮ですが、捜査のこと、そんなにお話しになって大丈夫なんですか？」

福家ははっとした表情で、手許のグラスを見つめる。

「ちょっと飲み過ぎたかしら」

いいえ、あなたは酔ってなんかいない。シェーカーを洗いながら、優子は心の中でつぶやいた。強めのカクテルを続けて飲んではいるが、酔いはまったく感じられない。優子には判る。

サイドカーを綺麗に飲み干した後、福家は低い声で言った。

「被害者は強請屋で、動機を持つ者がたくさんいます。荒っぽいことを平気でやるような連中もです」

「拳銃を使うような？」

「はい。被害者は恐喝によって、そうした連中を怒らせ、命を落とした――そのように見えます」

「見える？」

グラスクロスを持つ手が止まった。

「実は、いくつか疑問がありまして、それがどうにも……。職場にいても帰宅しても、そのことばかり考えてしまうので、こうしている次第です」

グラスクロスを置き、優子は福家の正面に立つ。普段はこんな形で客の相手はしないのだが、今日は特別だ。

「よろしければ、お話をうかがいましょうか？」

「それはぜひ。一人で考えるよりも、誰かと話している方が色々と閃《ひらめ》くのです」

福家は表紙のすりきれた手帳を取りだした。

「最初の疑問は、あの現場です。被害者はなぜ、あそこで殺されたのか」

「現場の近くには何度か行ったことがあります。夜になると人通りがなくなって、ちょっと怖い場所ですね」

「そこが判らないのです」

「なぜです？　何と言いますか、人目につきたくないことをやるのなら、そういう場所がいいのではありませんか？」

「被害者は常習的な恐喝者でした。身辺には気を配っていたと思います。荒っぽい連中が相手なら、あのような場所は選ばないでしょう」

「それは判りませんよ。銃で脅されて、あそこに連れこまれたのでは？」

「現場には被害者の煙草の吸い殻が落ちていました。それも三本。被害者はあの場所で待っていたのです」

「誘《おび》きだされたのでしょうか。まさかヤクザが来るとは思わず、被害者はそこで待っていた……」

「なるほど。それなら判らなくはありません」

福家はボールペンで手帳に書きこんでいる。

「いずれにせよ、今回の事件は計画的なものと思われます。凶器を前もって用意した点といい、強い殺意を感じます」

「銃まで使っているわけですからね。本当に、怖いことです」

「そうなると、またおかしなことが」

「というと？」

「被害者は撃たれましたが、即死したわけではないのです。倒れた後も意識があったらしく、這って動いた跡が残っていました」

優子は顔を顰めてみせる。

「ひどい話ですね」

「どうして犯人は、とどめを刺さなかったのでしょう」

「え？」

「銃まで用意した犯人が、どうしてまだ息のある被害者を放置したのでしょうか」

「放っておいても死ぬと判っていた……から？」

「被害者は犯人の顔を見たはずです。人通りが少ないとはいえ、現場は住宅街ですし、そのままにしておくのは、かなり危険だと思うのです。万が一にも、被害者が一命を取り留めたら……」

「だとすると……銃声！　銃声を周りの人に聞かれているわけですから、警察に通報される恐れがあります。だから、すぐにその場を逃げだした」

「実は、付近の公園で爆竹を鳴らしている若い人たちがいましてね」

「もしかして、柏田君たちですか？」

「ええ、その通りです。よくお判りですね」

なるほど、福家が優子の許を訪ねて来たのは、この線からか。爆竹を買った金の出所を、仁志が喋ったのだ。

「困った子たちでしてね。お金ができると、そんなことをやって……あ！　昨日、私がバイト代を渡したから……」

「柏田さんとは、お知り合いで？」

「子供のころから知っています。悪い子ではないけれど、いろいろ上手くいかないことがあって」

「浦上さんはこの辺りの生まれですか？」

「ええ。以来、ずっとここ。バーテンダーの修業時代はしばらく離れていたのですが、独立してすぐに戻ってきました。この土地が好きなんです」

「なるほど。では、この辺りのことはよくご存じでいらっしゃる」

「ええ。バーテンダーは街のコンシェルジュであれ。これ、うちの師匠の教えなんですけれど、生まれ育った場所に店を構えるのは、ちょっと反則かしら」

「師匠というと……」

福家は壁にかかった写真を見上げる。

「原町卓さんですね。世界一のバーテンダーと言われた」

驚いたことに、師匠の名前を知っている。優子は改めて、奇妙な刑事を見つめた。

「よくご存じですね。この業界では知らない人はいないと思いますが……」

「お酒のことになると、つい、放っておけなくなるのです」

「刑事さん、隅に置けませんね」

「お恥ずかしい」

「師匠には、お酒の知識やカクテルの技術はもちろん、バーテンダーとしての心構えまで、あらゆることを教えていただきました」

「素晴らしい方だったのですね」

「ええ。四年前に亡くなりましたが、この店にも何度か足を運んでくれました。私のカクテルを飲んで、一言、美味しいと言ってくれたことが誇りです。……申し訳ありません、自分のことばかり。何の話でしたか……そう、柏田君たちが公園で爆竹を鳴らしていた」

福家はメモに目を落とすと言った。

「銃声は爆竹の音に紛れ、住人は誰も気づかなかったのです。そのため、遺体は朝方まで発見されませんでした」

「結果として、犯人は首尾よく目的を遂げたわけですね」

「はい。ただ、そうなると、最初の疑問に戻ってしまいます。犯人はなぜ、とどめを刺さなかったのか」

「念のためうかがいますが、犯人が持っていた拳銃に弾は何発入っていたのですか?」

「それが、一発だけでした」

「それなら、何の問題もないじゃありませんか。犯人は撃ちたくても撃てなかった」

「いえ、問題はまだ残るのです。現場には鉄パイプが落ちていました。隣の資材置き場から転がってきたものです。境の金網が破れていましてね。犯人はなぜ、それを使わなかったのでしょう」

　昨夜、つい手に取った鉄パイプの冷たい感触が思いだされた。一度は摑んだが、指紋を拭いて元に戻した。

「銃と鉄パイプではまったく違うんじゃないでしょうか。そのぅ……人殺しの凶器として考えても」

「おっしゃる通りです。ただ、現場の状況、被害者の素行などから導きだされる犯人像は、被害者に弱みを握られた、人殺しも辞さない凶悪な人物です。そんな犯人ならば、ためらわず撲殺《ぼくさつ》という手段を選んだと私は思います」

「血を見て、怖《お》じ気《け》づいたとか？」

「鉄パイプの指紋を確認したら、一本だけは一部が綺麗に拭われていました。おそらく犯人は、鉄パイプを手に取ったのです。そして、何らかの思惑から元に戻した。その際、指紋を拭うことも忘れませんでした。銃を撃った後、犯人は極めて冷静に行動しています。怖じ気づいていたとは、とても思えません」

　一気に語った福家は「うーん」とうなって頭を抱えた。

「現場の状況と犯人像が一致しないのです。それで、困っています」

「捜査が専門の刑事さんに判らないことが、素人《しろうと》の私に判るわけがありませんね」

　優子は福家の前を離れようとした。

「犯人に鉄パイプを使えない事情があったとしたら、どうでしょうか」

優子は思わず動きを止めた。つい、自分の手首に目が行ってしまう。福家に見られただろうか。横目で様子をうかがうと、彼女は空になったカクテルグラスを睨んでいる。

「どうしましょう、もう一杯、いただこうかしら。あ、いま何時……」

福家はキョロキョロと店内を見回した。

「お客様の目に入るところに、時計は置いていないんです。リラックスしていただきたくて」

「なるほど」

「ですが、カウンターの下に時計を忍ばせています。いま、午前一時です」

「あら、もう閉店時刻ですね。遅くまで、申し訳ありませんでした」

「いいえ。お役にたてなくて」

「とんでもない」

会計をすませた福家はぺこんと頭を下げ、店を出ていった。一人残った優子はいたたまれない気分だった。すがりつくような思いで、額に入った写真を見上げる。

丸顔の師匠は、穏やかな笑みを返してくれるだけだった。

九

和田充信《わだあつのぶ》は、小学生の元気な声を聞きながら、携帯を脇に置いた。今日も、何事もなく勤務を終えられそうだ。

和田が交番相談員になって、今年で四年目である。今でいう組織犯罪対策課、当時の捜査四課、暴力団対策課に籍を置き、定年を迎えるまで最前線で闘い続けた。定年後は妻と二人のんびり過ごしていたが、ある日、後輩が訪ねてきて、交番相談員募集のパンフレットを置いていった。警察官不足による空き交番解消のため、警察ＯＢを中心に相談員を募るという。相談員は非常勤職員として交番に待機し、警察官不在のときは、市民からの相談に乗ったり被害届の受理などを行ったりする。

退屈な毎日に飽き飽きしていたこともあり、和田は二つ返事で引き受けた。それから四年、当初はやり甲斐を感じていた仕事に、物足りなさを覚えるようになってきた。当然だが、相談員に逮捕権などはない。下校途中の子供に手を振ったり、道案内をしたり。現役時代の緊張感がなつかしい。交番の入口に立ち、大きく伸びをする。みんな年寄り扱いするが、俺だってまだまだ……。

小柄な女性が、交番に近づいてきた。その顔をひと目見て、思わず声が出た。

「福家！　福家じゃないか」

女性はぺこんと頭を下げる。

「ご無沙汰しています、和田警部補」

「階級付きで呼ぶのは止めてくれよ。いまはただの相談員だ。まあ、入ってくれ」

パトロール中で警官はいない。福家は折り畳み式の椅子に、ちょこんと腰を下ろす。奥で茶でもいれたいところだが、この場を離れるわけにはいかない。

「久しぶりだなぁ。栗山組の解散式以来か」

「あれが、警部補……和田さんの最後の仕事でしたね」

「まあ、何をしたってわけでもないがな。跳ねっ返りの若いヤツらをちょっと押さえただけさ。で、用件は何だ？」

「原町卓について、ききたいのです」

和田は記憶の糸を手繰る。

「原町っていうと、バーテンダーか。銀座に店があって、著名人の溜まり場になっていた」

福家は新聞の三面記事をだし、そっとデスクに置く。

「自称フリージャーナリストが射殺された事件です」

「ニュースで見たよ。おまえが担当なのか」

「凶器の銃は現場に残されていました。前科《まえ》を当たりましたが、何も出ません」

「銃を現場に残していったか。そいつはまた、思い切ったことをする犯人だな」

「銃からは何も辿れないことを確信していたのだと思います」

「しかし、今日日《きょうび》、生半《なまなか》のことじゃあ、まっさらの銃なんて手に入らない。犯人はどんな伝《つ》手《て》を使ったんだろうな」

「そこなのです」

福家はネット記事らしきもののプリントアウトや大判の写真を数枚、デスクに並べた。

和田は苦笑する。

「紙にしてもらえると助かるよ。携帯の画面は小さくてな」

一枚目は、徹底的に荒らされた部屋の写真だった。

「これは、プロの仕事だな」

「被害者の自宅兼事務所を撮ったものです。我々が行ったときには、既にこの状態でした」

「被害者はジャーナリストだって？」

「自称です。実のところは……」

「強請屋か。そんなところだろうと思ったよ。一人が当人を殺し、別働隊が事務所に押しかけ、根こそぎ奪い去る。悪い相手を怒らせたようだな」

「はい、そのように見えます」

和田は写真を取ろうと伸ばした手を止める。

「見える？」

「次の一枚は、ネット上にあった被害者の事務所です」

誰が撮ったものか判らないが、被害者が満面の笑みでピースをしている。

福家は三枚目を取って、和田に差しだした。

「これは後ろの本棚を拡大したものです」

写真の技術論や著名人のインタビュー集、雑誌から漫画に至るまで、ランダムに詰めこまれている。

次の四枚目は、三枚目と同じものに見えた。

「これは？」

「本棚にあったものは、床にぶちまけられていました。それらを集め、荒らされる前の本棚を再現したのです」

なるほど、よく見ると、三枚目の画像より遙かに鮮明だ。鑑識作業が終わったのち、散らばった本を集めて本棚に戻し、改めて撮影したのだ。

「相変わらず完璧主義だな。大したものだ。で、何か新しい疑問でも？」

「本が二冊だけ足りないのです」

「何と」

「それも、同じ作者のものが」

「おい、それは、まさか……」

「はい。原町卓氏の本が二冊、消えているのです。事務所を荒らした犯人が持ち去ったと考えられます」

「原町は有名人ではあるが、一介のバーテンダーだぞ。しかも、何年か前に死んでいる」

「原町氏の本が消えたのも気になりますが、それ以前に、どうして彼の本が被害者の事務所にあったのか、引っかかるのです」

原町の名を聞いて、思いだしたことがあった。

「原町の店は銀座でも人気だった。政財界の大物から、我々の監視対象まで」

「それはつまり、暴力団の構成員ということですか？」

「原町は、職人気質《かたぎ》の男だった。酒のためならどんな苦労も厭《いと》わない。一方で、自分の酒を飲みに来てくれる者は、誰でも大喜びで店に入れた。栗山組の幹部連中もよく行っていたよ。奴らが楽しんでいる間、俺たちは路上で当てもなく待たされたもんだ」

辛いことも多かったが、やり甲斐はあった。あのころが本当になつかしい。

だが……。

和田は改めて福家を見た。彼女は現役の刑事。俺が必要とされるのは、結局のところ、過去の思い出についてだけか。

「それで？　いったい何が知りたいんだ？」

「当時、原町氏の店に出入りしていた者で、いまでも現役、あるいは、その筋に顔の利く者はいますか」

「さて……当の栗山組も解散してしまったしな。そのほかのヤツらも、引退するか死ぬか……。ちょっと待てよ、どういうことだ？　ひょっとして犯人は原町の……」

言いかけて口を閉じる。

「いや、そんなこと、ペラペラ喋れるわけがないよな。悪かった。申し訳ないが、俺には思い当たるところがない。役にたてそうもないな」

「そうですか……」

福家はしょんぼりと肩を落とす。

「俺なんかより、現役の誰かにきいた方が早いんじゃないのか？」

「こうしたことは捜査記録に残っていませんし、実際に活躍されていた方の記憶が頼りなのです」

「実際に活躍していた……か。そういや、俺たちの同僚に田沢《たざわ》ってのがいてな。優秀なヤツだったが、クビになったんだ」

「それは、なぜ？」

「現役時代は口外できなかったが、はめられたんだよ。正義感が強すぎて、首を突っこみすぎた。薬物の取引に関わったという証拠を仕込まれ、情報がマスコミに流れる寸前までいった。それは何とか握り潰せたんだが、田沢は責任を取らされて追放だ。その田沢を拾ったのが、原町だった。捜査絡みで顔見知りになっていたから、田沢の境遇に同情したんだろう。しばらく、ドアマンとして店で使っていた」

「ドアマン？」

「要するに用心棒だよ。組の要人が出入りする店に、元暴対の刑事《デカ》がいるなんて、愉快じゃないか。そういうことを平気でするのが、原町って男だったな」

「その田沢さんは、いまどこに？」

「原町のところにしばらくいた後、探偵事務所に入って、そこそこの役職に就いた。長らく会っていないが、今年の年賀状には、引退してのんびり海外を旅して回るって書いてあったな」

福家の目がわずかに輝いた。手応えがあったらしい。

「貴重な情報をありがとうございます」

「役にたてたかな」

「はい」

「それはよかった」

「では」

ぺこんと頭を下げると、福家は慌ただしく出ていった。その勢いが、和田には羨《うらや》ましくもあり、辛くもあった。

自分にはもう届かない世界だと思い知らされたからだ。

そう、手に入らないものを求めても仕方がない。それは自分より若い者がやるべきことだ。福家の後ろ姿が視界から消えるころには吹っ切れていた。昨今のモヤモヤも消え、清々しくさえあった。

交番の前を子供たちが歓声を上げながら駆けていく。この先は子供の飛びだし事故が多発している交叉点だ。

「おーい、気をつけろよ」

和田は声を張り上げた。子供たちは走る速度を緩め、怖々とこちらを見る。

憎まれ役だが仕方がない。

和田は精一杯の笑顔を作り、交番の前に立つ。

十

開店準備を終えたのは、午後五時半だった。昨夜はぐっすり眠ることができた。溜まっていた疲れも綺麗に抜けている。福家という刑事への懸念はあるが、日常はいつも通りに進んでいるように見えた。

カウンターに立ち、感覚を研ぎ澄ます。今日はどんなお客様がおみえになるのだろう。天気は晴れ。気温もいい具合だ。混み合う時間帯もありそうだな。

すっとドアが開く。やや遅れてドアベルの音。気配がしたときから、それが誰なのか優子には判っていた。

「いらっしゃいませ、福家さん」

「開店時間前ですが、よろしいでしょうか」

「ええ、どうぞ」

昨夜と同じ、窓際の席に案内する。おしぼりを渡そうとした手を、福家は穏やかに制した。

「お客として来たわけではありませんので」

優子はおしぼりを下げ、冷蔵庫に入っていたライムを取り、切り分けるとスクイーザーで手早く絞る。同じく冷やしてあったジンジャエールをだすと、氷を入れたグラスに、ライムジュースとともに注ぐ。軽くステアした後、カットライムを飾り、福家の前にだす。

「これはサービスです」

「サラトガクーラーですね。ありがとうございます。では、遠慮なく」

福家はしばらく色を楽しんだ後、口をつけた。

「爽《さわ》やかで美味しいです」

「今日は晴れて、少し暖かかったですから」

「一日歩き回って、喉《のど》が渇いていました。さすがです」

「お客ではないということは、お仕事でいらしたんですよね。ですから、ノンアルコール」

「できることなら、仕事を離れてゆっくりお邪魔したいものです」

福家は真顔に返って言う。どうやら、本気でそう思っているようだ。

「そう言っていただけて、光栄です。それで、ご用件は?」

飲み終えた福家はハンカチでそっと口許を拭い、優子に目を移す。

「原町卓さんについて、おききしたいのです」

「師匠のこと?」

「原町さんは銀座にお店をお持ちだったとか」

「ええ。店名はそのものずばり『原町』でした。バーとは思えませんよね。師匠らしいです」

「浦上さんはいつごろ原町さんに師事なさったのですか」

「もう二十五年も前、二十歳のときでした。お酒メーカー主催の勉強会で講師をされていたんです。そこで二年、お世話になりました。私がいろいろなお店で修業しているときも、アドバイスをくださいました。面倒見のいい、親分肌の人なんです。外見からは想像もつかないですけど」

「原町さんが銀座にお店を持たれてからは、そこで?」

「はい。見習いからスタートして……」

「十年前に、カクテルコンテストで日本一になられた」

「よくお調べになりましたね。あの賞をいただけたのも、師匠のおかげです。営業が終わってから、お店の道具やお酒も自由に使わせてくださいましたから」

「原町さんは、あなたに期待されていたのですね」

「さあ、どうでしょうか。そういうことは何も言わずに亡くなられました」

「それが、四年前」

「ええ。持病の糖尿が悪化して……」

福家はちらりと額の写真を見上げる。

「原町さんは、世界バーテンダーコンクールで何度も一位をとられています。亡くなる二年前にも」

「ええ。その時は、サポートとして私も同行しました」

「一位を獲得したカクテルは今でも世界中で飲まれていますね」

「レプラコーン」

「味はもちろん、見た目、色彩、すべてで最高に近い評価です」

福家はいったい何が言いたいのだろう。優子は徐々に不安になる。話題にするのは原町のことばかりだ。時刻は六時を回っている。開店時間だが、優子はそのまま会話を続けた。

「福家さん、師匠とあの事件に何か関係があるんですか？　私には質問の意味がよく判らないのですけど」

「田沢さん、ご存じですよね？」

その名前が出たのは予想外だった。それでも、しらを切り通すくらいの図太さは持ち合わせている。そうでなくてはバーテンダーなど務まるものではない。

「田沢さん、ですか。名字だけでは何とも言えません」

「原町さんのお店で一時、働いていた方です」

「あの田沢さん？　元警察官の」

「はい」

「なつかしいわ。強面《こわもて》だけど、すごく優しい方だった。でも、お店にいらしたのは一年足らずで、探偵事務所かどこかに移られた記憶があります」

「その後、田沢さんとは？」

「消息は判りません。元気にされているかしら」

「探偵社で要職を務められ、いまはもう引退されているそうです」

「そう……。だけど、どうして田沢さんの名前が出てきたの？」

「拳銃です。凶器の拳銃を手配したのが、田沢さんらしいのです」

優子は口に手を当て、驚いてみせる。

「そんな……」

「暴対の刑事や探偵をやって、その筋との繋がりもあります。彼にとっては難しいことではないのでしょう」

「ということは、あの事件の犯人は田沢さん？」

「彼は何者かの依頼を受け、銃の手配をし、被害者の事務所から証拠となるものを根こそぎ持ちだすよう、指示した——。ただし、殺人に関しては無関係。私はそう考えています」

「……」

「犯人は銃に慣れている人物です。急所をわずかに外したとはいえ、深夜の暗がりで標的に命中させています。撃ったのは、初めてではないでしょう」

優子は空いたグラスをそっと流しに置く。もう帰ってくれと示したつもりだった。しかし、福家は動こうとしない。苛立ちを覚えつつ、グラスを洗い始める。

「……を……ありますか？」

「え？」

声が聞こえず、蛇口を閉める。福家は真顔で繰り返した。

「銃を撃ったことは、ありますか」

「質問の意味が、よく判らないのだけれど」

「実は、この本を手に入れて読んだのです」

原町は生前、本を二冊上梓した。一冊は『ザ・バーテンダー』で、優子が参加したセミナー開催の前に書かれた。バーテンダーに関することを網羅した、バーテンダーのバイブルとされているものだ。版を重ね、いまでも書店で手に入る。もう一冊は、亡くなる直前にだした回顧録といった趣の本で、タイトルは『虹を追って』。原町の最高傑作と言われるカクテル「レプラコーン」にちなんだものだろう。

福家が手にしているのは、その『虹を追って』だった。こちらは既に絶版で、ネットなどではプレミア価格になっているはずだ。

福家はパラパラとページをめくる。

「ここです。原町さんは従業員や弟子を連れて何度も海外研修に出かけたそうですね。アメリカにも何度か行っておられます。原町さんのお気に入りは観光客向けの射撃場で、常連と呼ばれるくらい通っていたとか」

福家はページを指さしながら、声にだして読み始めた。

「多くの弟子たちも射撃を楽しんでいた。中でも筋がよかったのは、浦上優子であった。口《こう》径《けい》の小さな銃であれば、百発百中で……」

「読んでいただかなくても、内容は知っています。その本、うちにもありますから」

「申し訳ありません。バーテンダーと銃の組み合わせが意外だったものですから」

優子は洗い物の手を止めると、改めて福家と向き合った。

「福家さん、これはどういうことです？」

「と、言いますと？」

「とぼけないで。田沢さんの名前をだしてこちらの反応を見たり、研修旅行のことを持ちだしたり、はっきり言って不愉快だわ。まるであの事件に私が関係しているみたいじゃない」

「違うのですか？」

優子は横目で酒のストッカーを見た。いまの彼女に合うお酒は何だろう。マティーニやジントニックなんて、まるで似合わない。ああ、何だろう……。

福家は開いたままになっていた『虹を追って』をパタンと閉じる。

「銃を手配した者と面識があり、銃の扱いに長けた人物が現場付近にいれば、疑うのが当然です」

「田沢さんを知っていて、銃を撃ったことがあるから殺人の容疑者だなんて、メチャクチャよ」

「鉄パイプの一件もあります」

「現場に転がっていた鉄パイプのこと？」

「犯人はなぜ、それを使ってとどめを刺さなかったのか。それも、一度は手に取ったというのにです。刺さなかったのではなく、刺すことができなかったのではないでしょうか。鉄パイプを力いっぱい振り下ろせば、手首を痛める恐れがある」

福家の視線は、優子の手首に注がれている。

「たしかに、バーテンダーにとって、手首の感覚は命よ。でもまあそうね。もし私が犯人の立場だったとしても、鉄パイプは使わないでしょう」

「もう一つ、爆竹の件があります。爆竹の音で銃声はかき消されました。そうなるように仕向けたのは、あなたです」

「偶然もここまで揃うと必然だというの？」

「必然とまでは申しません。ただ疑いを持つには充分です。犯人はなぜ銃声を消したかったのか。逃走の必要があったからです。銃声を聞かれて通報されたら、現場から逃げ遅れる可能性があった。だから、爆竹によって銃声を……」

「そんなバカなこと、あるわけない」

「犯人は暴力団構成員などではありません。現場の近くに住む人物。地理に詳しく、自分の拠点と現場を人目につかずに往復できる」

優子は興奮を静めるため、一呼吸置いてから言った。

「捜査の常道を行くのであれば、次はアリバイと動機になるわね。あなたのことだから、忘れているわけではないでしょう？　私にはアリバイがある。そして、被害者を殺す動機はない」

福家は小さくうなずいた。

「動機については、まだはっきりしません。ですが、アリバイについてはどうでしょう」

「聞き捨てならないわね。私は事件があったという一時前後、ずっと常連の小嶋さんと一緒にいたわ。たしかに酔っておられたけれど、しっかりしていたわ」

「ご本人に会って、確認しました。あなたと一緒にいたことは間違いないと証言されました」

「だったら……」

「このお店、時計がありませんね」

「ええ。理由はもう説明したでしょう？」

「小嶋さんと行かれたSOLOSにも時計がない」

「ええ」

「小嶋さんはどうやって時間を確認したのでしょうか」

「さあ。携帯電話を見たとか」

「小嶋さんもそうおっしゃっていました。あなたに起こされて携帯を見たら、一時だったと」

「それなら、私のアリバイは成立ね。私と小嶋さんがグルだとか言いださない限り」

「そんなことを言うつもりはありません。ですが、携帯電話の時間を細工することはできますね」

「バカなことを言わないで。小嶋さんは常に携帯を手許に置いていたし、暗証番号だってある」

「携帯ごとすり替えたとしたらどうです？　小嶋さんは携帯にカバーをつけていました。同じ機種、同じカバーをつければ……」

「バカげてる」

「そうでしょうか。小嶋さんはいつもこちらで、シングルモルトを三杯飲むとおっしゃいました。ただ、一昨夜だけはなぜか酔いの回りが早く、眠ってしまったと」

「私が細工をしたとでも言うつもり？　それとも睡眠薬か何かを盛ったと？」

「睡眠薬などを使えば、後々、気づかれる恐れがあります。ですが、少しずつ酒を多く飲ませることはできます」

「どうやって？　小嶋さんは常連なんだし、お酒を多く注げば、判ってしまうわ」

「氷です」

福家は静かに言った。

「こちらでは、オン・ザ・ロックスタイルのお酒には丸く削った氷を使っておられますね。その氷を普段より小さくした。そうすれば、見た目はほぼ同じでも、酒の量は多くなります。

あなたのテクニックをもってすれば、わけのないことだと思いますが」

「たしかにできなくはないわ。でも、私はそんなこと、していない」

「興味深い証言があるのです。小嶋さんは午前一時に起こされたとき、三杯目のグラスを飲み干しました。そのとき、妙に水っぽいと感じたそうです」

衝撃の一言だった。まさか、小嶋がそんな些細《ささい》なことを記憶していたなんて。

いや、その記憶を掘り起こしたのはこの刑事に違いない。福家は最初から優子を犯人と考えて動いていたのだ。

優子の動揺に気づいているのかいないのか、福家は淡々と続けた。

「水っぽいと感じたのは、グラスの氷がほぼ溶けきっていたためでした。普段は溶けきらないのに、不思議に思ったと小嶋さんはおっしゃっていました」

「……氷がいつもより小さかったから早く溶けた、と言いたいの？」

「小さいだけではありません。時間そのものが三十分長かったのです。あなたは小嶋さんを酔わせ、時刻を三十分遅らせた自分の携帯とすり替えた。小嶋さんが一時だと思ったとき、実はもう一時半だった。そのまま帰宅されては、三十分のずれに気づかれる。だから、もう一軒、同じように時計のない店に連れていった。そうこうするうち、小嶋さんは、時間の感覚が三十分ずれていたことに気づかなくなる」

福家は鋭い目で優子を見据えていた。優子は笑みを浮かべ、カウンターを出ると、ドアの札を OPEN に変える。

「面白い推理だったわ。でも、残念ながら説得力に欠けるわね。まず証拠がない。加えて動機も不明。これでは、とても逮捕はできないわ」

優子はドアを開けたまま待つ。福家はゆっくり立ち上がると、優子の脇をすり抜けて店を出る。階段を下りていく背中に、優子は声をかけた。

「さようなら、福家さん」

十一

白土《しらと》浩三《こうぞう》は焼酎のペットボトルを並べ終え、思い切り背伸びをした。七十四歳になり、いよいよ重いものが運べなくなった。無理をすると、腰の痛みが激しい。

五年前に改装した店内は木目調に統一され、照明も明るめだ。店頭に自販機を置き、店内の冷蔵庫は思いきって小さくした。その代わり、洋酒やワインの品揃えを充実させ、最近では日本酒の銘柄も増やし始めている。すべては跡を継いでくれた息子の発案だ。業務店の取り扱い量は右肩上がりで、このご時世に、二ブロック先にある量販店との価格競争にも巻きこまれず、何とかやっている。才覚ある息子を持って、自分は幸せ者なのだろう。そう思う一方で、一抹の寂しさを感じるのも事実だった。

『親父、余計なこと、しないでくれよ』

今朝、息子に浴びせられた痛烈な一言が、まだ耳に残っている。ちょっとやりすぎたかねぇ……。

床掃除をしようと、ほうきを手に取ったとき、店に小柄な女性が入ってきた。およそ酒とは縁のなさそうなタイプだ。ソフトドリンクを買いに来たのかもしれないが、ならば向かいのコンビニへ行った方がいい。

女性は店内を見回した後、白土の方に来た。

「ご主人の白土浩三さんですか?」

その口調で、何者であるかピンときた。こういうときは謝るに限る。

「いや、このたびは本当に、すみませんでした。いやあの、年寄りの思いつきでやったことですから、どうぞ、お咎《とが》めなきように……」

女性は目をぱちくりさせた。

「お咎めというのは、何に対してでしょうか」

何と、年寄りが頭を下げただけでは足りないというのか。

「私は古い人間でね、法律とかもよく知りません。ただ、真似をしたかっただけなんですよ。コンビニでも時々やってるでしょう。ほら、レシートに当たりが出たら、商品が一つタダで貰えるとか。五百円ほど買ったらクジが引けて、商品が当たるとか。それをね、うちでもやりたくて」

女性はうなずきながら聞いている。

「ほいでね、駅向こうの百円ショップに行ったら、くじ引きセットなんて売ってるじゃない。箱と中に入れる番号つきの札が百枚。それで百円ちょっとだもんね。さっそく買ってさ、ワゴンに景品入れて、始めたわけなんだよ。息子は年に一度の家族旅行でね、俺が一人で店番だったの。帰ってきたらびっくりさせようと思ったんだけどさぁ」

白土は額をぺたりと手で叩いた。

「帰ってきた息子に怒鳴られちまった。いまは景品の値段なんかも法律で決まってるんだってね。まして酒を景品にするなんて、子供の手に渡ったらどうする気なんだぁって、もうボロクソ。参った、参った」

「それで……」

女性がようやく口を開いた。

「売り上げはどうだったのですか？」

「へ？」

「くじ引きをやった効果です」

「それがさ、みんな、こういうことが好きなんだねぇ。千円で一回引けるようにしたんだけど、もう釣れる釣れる。普段は一番安いウイスキー一本しか買わない自転車屋のおやじが、ここぞとばかりに二本まとめ買いさ。二回とも外れだったけどね。いやまあそいでも、うちで買ってくれるだけありがたいやね。向こうの量販店ならもっと安いウイスキーがいっぱいあるんだから。だけど、ひどいのも売ってるんだよ。安いだけで、どこで作ったか判らないようなヤツ。馬のションベンみたいな味がすんだよ。あれ？　何の話だっけ」

「私、折り入ってお話があって参りました」

「ああ、やっぱりね。いや、いま説明した通りだから、どうか、お咎めなしで」

「咎めるつもりはありません。おききしたいことがあるだけです」

「さっきからの話で全部だよ。あんた、お役所の人だろ？　もうしないからさ。商店街の組合長にも勝手にそんなことされたら困るって、怒られたんだ。もう散々しぼられてるんだから、勘弁してよ」

「おそらくですが、この程度でしたら、どこの役所からも咎められないと思います」

「そうだといいがねぇ……でも、そしたら、あんたは何でここに来たの？」

「お話をうかがいたくて」

「だから、散々喋ったじゃない。話が前に進まないよ」

そんな白土の前に、警察バッジが突きつけられた。

「警視庁捜査一課の福家と申します。工事現場での殺人事件を捜査しています」

「ひゃあ、あなた警察の人⁉　びっくりだなぁ。全然そうは見えないんだもん。だけど、まさか、逮捕……」

「そんなことはしません。この人に見覚えはないですか」

福家は写真を二枚だしてきた。一枚は駅の改札を出たところだ。手ぶらの男が、肩をいからせ気味にして歩いている。左下に23:32とあるのは、撮影された時刻だろう。もう一枚は、商店街を出てすぐの写真だった。同じ男が、紙袋を持っている。左下の時刻は00:40となっている。

「ああ、この人。初めて見る顔でしたよ。十一時半ごろだったかな、ふらっと来て、缶ビールと煙草を買おうとするからね、千円買ったら、くじ引きできるよって言ったんだ。そしたらさ、カップ酒追加。毎度ありぃってね」

「するとこの男性は、くじ引きをしたのですね」

「ああ。くじを引いた最後の人。何と三等賞さ。ワゴンの中からよりどりみどり、一つ進呈。ついてたねぇ」

「ワゴンの中から何を選んだか、ご覧になりました？」

「もちろん。ウイスキーさ。ブッシュミルズ・ブラックブッシュ」

「男はそのボトルをどうしました？」

「買った商品の紙袋に、一緒に入れてたよ。俺、レジ袋って嫌いで。シャカシャカいってさ、落ち着かないよね。ああ、その人、落ちこむことでもあったのかねぇ。いや、あれは緊張をほぐすためかな。店出たところで、カップ酒を開けて一気飲みだよ。そのあと、缶ビールも開けてた。煙草はズボンのポケットにねじこんでたな。いや待てよ……」

　話しているうち、一昨夜の記憶がより鮮明になってきた。

「その人さ、袋からウイスキーだして、じいっと見てたんだよ。そのうちニヤニヤし始めてさ。でも結局、ボトルを袋に戻して、行っちまったよ。何だか妙な雰囲気だった」

「男性はどちらの方へ歩いていきましたか？」

「出て右だから、駅に戻った恰好だな。あれ、だけど変だね。あの人、駅の方から来たんだよ。また駅に戻るってのもね。煙草や酒なら、階段下りたすぐのコンビニで買えるし。わざわざここまで来る必要、ないからねぇ」

「駅に戻ったのではないとしたらどうでしょう」

「十一時過ぎたら、大概の店は閉まってるよ。開いてるのは、さっきも言った量販店くらいさ。あそこ、朝の三時までやってるんだよね」

福家の目が活き活きとしてきたように見えた。

「ありがとうございました。助かりました」

彼女は頭を下げ、白い歯を見せてにこりと笑う。

「こんなんでいいのなら、お安い御用さ」

「おかげさまで、犯人を逮捕できるかもしれません」

「ホント？　俺の言ったことで？　いやあ、それは凄いや。あのくじ引き、役に立ったんだな」

「ええ、とても」

福家は店を出ていった。一方、白土の心は浮き立っていた。そうか、息子たちに迷惑をかけて落ちこんでいたけど、俺のやったことは立派に社会の役にたってるじゃないか。

よし、またやるぞ！　今度は何をやろうか。

そうだ、金物屋で水道の蛇口を買ってこよう。日本酒の樽《たる》につないで、蛇口を捻ると酒が出てくる仕掛けを作る。養老の滝だ。前々からやってみたかったんだよなぁ。店の前に置いて、通りがかりの人にバンバン振る舞えば、大入り間違いなしさ。よし、さっそく取りかかろう！

十二

午後六時、優子は店の札をOPENに変える。

天気は曇りで、今年、一番の寒さになるという。雨の心配はないようだが、お客の入りは期待できそうもない。

階段を上ってくる気配がした。その足音に、優子はフッとため息を漏《も》らす。

ドアを開けて現れたのは、福家だった。

「いらっしゃいませ……と言っていいのかしら」

「いえ」

福家の顔つきは、今までになく硬かった。

「本日はお詫びに上がりました」

「お詫び？」

優子はグラスに氷を入れ、水を注ぐ。

「ニュースをご覧になっていませんか？」

優子はグラスを福家の前に置き、携帯でニュースサイトを開いた。

『強盗致傷事件で暴力団事務所を捜索。フリージャーナリスト殺しにも関与の疑い』

「暴力団構成員による犯行の線が濃厚になりました」

優子は携帯をしまい、無言で洗い物に戻った。福家は沈んだ声で続ける。

「私は捜査を外れます。担当は日塔《につとう》という者になります。後日、お話をうかがいに来るかもしれません」

「捜査に役立つのであれば、何でもしますよ」

「よろしくお願いします」

「それじゃあ、あなたがここに来るのも、これが最後になるのね」

「はい。あと一つだけ疑問点がありまして、そこが解決しましたら」

優子は半ば呆れながら、福家を睨んだ。

「疑問点って、どういうこと？　あなた、まだ私を……」

「いえ、そうではないのです。私の上司はとにかく細かいことにうるさいものですから。報告書もきっちり書かないと突き返されてしまいます。疑問点というのは、被害者が持っていたはずのウイスキーのことで」

「ウイスキー？　初耳だわ」

「駅近くの酒屋さんで聞きこんだ結果、判明しました。被害者は殺される直前、くじ引きでウイスキーを当てたのです。防犯カメラにも、紙袋を抱えて歩く姿が映っていました。にもかかわらず、現場から紙袋もボトルも見つかっていません」

「誰かが持ち去ったということ？」

「そこがはっきりしないのです。ただ、現場の状況から見て、犯人が持ち去ったと考えるのが合理的です」

「くじ引きで当たったウイスキーを？　いったい何のために？」

「それが犯人にとって都合の悪いものであったとしたらどうでしょう。例えば、それが現場に残されていることで、捜査の目が自分に向いてしまう可能性があった、とか」

「ウイスキーの銘柄は判っているのかしら？」

「はい。店主がしっかり覚えていました。ブッシュミルズ・ブラックブッシュです。あなたの師、原町さんが愛していた銘柄です」

じりじりと追い詰められていることを自覚しつつも、優子にはまだ余裕があった。

「つまり、それを持ち去ったのは私だと？」

「そこまでは言いません。ただ、あなたになら、ボトルを持ち去る理由があります」

「残念ながら、持ち去ったのは私ではないわ。もちろん、久義という人を殺してもいない」

「これを見ていただけますか」

福家はバッグの中から二枚の写真を取りだした。どちらも粗《あら》い画像だ。中心に写っているのは久義と思《おぼ》しき男性で、一方は駅の改札を出たところ、もう一方は商店街の外れを闊歩《かっぽ》しているものだった。

　福家はその二枚を交互に指さしながら言った。

「気になるのは、防犯カメラに映った時刻です。一枚目、改札で撮られたものは午後十一時三十二分、二枚目は零時四十分。約一時間の開きがあります。久義氏が犯人と待ち合わせをしていたのは、午前一時前後と思われます。久義氏は一時間近く、どこで何をしていたのでしょうか」

「そもそも、待ち合わせ時刻より一時間半も早く来ているのが疑問ね。下見かしら」

「おっしゃる通りだと思います。久義氏は早めに来て、取引現場を下見するつもりだった。ただ、実際はそうしていないのです」

　福家は新たな写真を並べた。それがどこで撮られたものか、優子にはすぐに判った。駅の北側にある量販店だ。紙袋を提げた久義が、正面入口の前に立っている。

　福家は続けた。

「久義さんはこのお店で、国産ウイスキーを一本買っているのです」

「ウイスキーを?　酒屋さんで一本当てたばかりでしょう?」

「そうなのです。にもかかわらず、一本購入しています。店で一番安い特売品を」

　福家はレシートの写しを写真の上に置く。そこに記されていた銘柄は、粗悪で安価なブレンドウイスキーだった。

優子自身、それがどんな酒であろうと、否定はしない。酒の好みは人それぞれであり、酒をどう楽しむのかも自由だ。厳しい生活の中で購入する安価な酒も、その人にとっては、どんな高級酒にも勝《まさ》るものだろう。ただ、レシートに記された銘柄を、自分の店に並べることは絶対にない。店のバックバーに並ぶのは、師匠と私が認めた銘柄だけだ。

福家は眉間《みけん》に皺を寄せつつ、首を捻る。

「ますます判らなくなりました。久義氏は都合、二本のボトルを持っていた。にもかかわらず、どちらも現場からは見つかっていません」

「二本とも飲んでしまった……とは考えられないのね？」

「はい。血中アルコール濃度を確認しましたが、それほど高くはありませんでした」

「誰かにあげたのかしら」

「その可能性もゼロではありません。総動員で付近のホームレスなどを当たっています」

「まあ、大変ね」

福家がふと目を上げて、バックバーを見る。視線の先にあるのは、三本のブッシュミルズ・ブラックブッシュだ。

ついに来た。優子は覚悟を決める。

「ブッシュミルズ・ブラックブッシュは、常に在庫をお持ちですか」

「ええ。師匠が愛したお酒ということで、注文されるお客様が多いものですから」

「師匠の原町さんは、絶対にお酒を捨てなかったそうですね」

「はい。私たちも厳しく言われました。やむを得ない場合を別にして、お酒を捨てるようなことは、極力していません」

「はい。ご著書にも、厳しい言葉で書いてありました」

福家の視線は、三本のボトルに注がれたままだった。

優子は言った。

「そんなに気になるのでしたら、調べてごらんになります？」

優子は三本を取り、カウンターに並べた。あの夜、持ち帰ったボトルは入念にチェックした。指紋も拭った。何の問題もないはずだ。

だが福家は、ボトルをちらりと見ただけで言った。

「この三本、中身を調べさせていただけませんか」

「え？」

「代金はお支払いします。もちろん、中身も無駄にはしないようにします」

「どういうこと？」

福家はしばし無言で三本のボトルを見つめた後、ゆっくりと優子に視線を移した。

「浦上さん、あなた嘘をついておられましたね」

危うく、手にしていたグラスを取り落としそうになった。

「何ですって？」

「あなたは被害者の久義氏を知らないとおっしゃいましたが、ずっと以前、お会いになっていたのではありませんか。調べたのですが、彼は一時期、原町氏の許でバーテンダーの修業をしていました。つまりはあなたの同僚だったのではないですか」

「そうだったかもしれません。師匠……原町は温厚な性格ではありましたが、バーテンダーという職業に誇りを持っていました。弟子入りを希望する者を拒んだりはしませんでしたが、修業は厳しくて、たくさんの仲間が辞めていきましたわ。久義さんは私と同時期、師匠の許にいたかもしれませんが、長続きしなかったのでしょう。まったく記憶にありません」

「そうですか。……久義氏はお酒の世界に未練があったのかもしれません。原町さんの許を去った後も、しばらくバーなどで働いていたようです。ただ、彼がいた店はどこもあまり評判がよくありません。中にはキャッチバーもあったようですね。キャッチバーといえば、高級ウイスキーのボトルに安いお酒を詰め、法外な値段でお客にだすという……」

「福家さん、久義さんがどんなお店で働いていたかなんて私には関係ありません。いまも言った通り、彼のことはまったく記憶にないのですから」

福家は優子の言葉をするりと流し、言葉を続けた。

「その後、久義氏はお酒の世界から離れますが、どうも厳しい修業のことで原町さんを逆恨みしていた節があります。大した稼ぎにはならないが、いつか痛い目に遭わせてやる、そんな風に語っていたとか……」

「止めてください。師匠の前で」

「その原町さんですが、生前、耳鼻科にかかられていたようですね。それもかなり頻繁に」

優子は下唇を噛み締める。

「そんなことまで調べたんですか?」

「晩年、原町さんの嗅覚《きゅうかく》あるいは味覚に異変が生じていたのではありませんか?」

やはり、福家は凡庸ではなかった。それどころか、こちらの予想を遥かに上回っていた。まさか、ここまで突き止めるとは。

優子は肩を落とし、うなずいた。

「嗅覚と味覚の両方よ。師匠は匂いも味も判らなくなっていた。亡くなる五年前から」

「ということは、世界バーテンダーコンクールで最後に一位をとられたときには、もう……」

「ええ」

「久義氏はそこに何か不正があったと考えたわけですね」

「師匠は不正なんかしていない。嗅覚、味覚をなくしてなお、あれだけのカクテルを生みだしたの。私なんかには判らない感覚だけれど、師匠は視覚があれば充分だって笑っていた。だけど、私がそう言っても、誰も信用しないでしょう? 久義はそこを衝いてきたの。コンクールには私が付き添っていたから。久義は師匠の診断書と、私が同行しているコンクールの写真を組み合わせて、師匠と私がぐるになって不正行為を働いていると皆に思いこませようとしたのよ。師匠の名誉を汚そうとするなんて、許せないでしょう?」

福家は目を伏せて、優子の告白を聞いていた。

「それが、動機ですか?」

優子は毅然《きぜん》として、顔を上げる。

「たしかに、殺してやりたいと思ったわ。でも、私はやっていない。私がやったというのなら、証拠を見せて」

福家の細く白い指が、カウンターに並ぶ三本のボトルを順に指していく。

「あなたには、もうお判りだと思います」

優子はカウンターの上で、両手を握り締めた。銃を突きつけられた久義が漏らした言葉が、耳の奥によみがえる。

『ウイスキーのことも……頼む、忘れてくれ』

あのときは、ウイスキーを持ってきたことを詫びているのだと思った。だが、そうではないのだ。

安酒と中身を入れ替えたブッシュミルズ・ブラックブッシュ。痕跡を残さず封を開け、中身を入れ替え、再び封をする。質の悪い店で働くうちに覚えたのだろう。何のためにこんな子供じみたイタズラを仕掛けたのか。優子の驚く顔を想像していたのだろうか。それとも、気付かずに客にだし、恥をかかせたかったのだろうか。いずれにせよ、やはり久義にバーテンダーとなる資格などなかったのだ。

福家が言った。

「いま、量販店のゴミ箱などを徹底的に捜索しています。おそらく、久義氏の指紋がついた空のボトルが見つかるでしょう。そして、この三本のうちのどれかと……」

「もういいわ」

優子は一番左にあるボトルを取り、福家の前に置いた。

「これよ。残りの二本は、戻してもいいかしら」

福家はうなずいた。優子は二本をバックバーの定位置に戻す。

「あなたが連行するの？」

「いえ、すぐに誰か来るはずですから」

「そう……」

優子は改めて福家を見つめた。

「冷静、明晰《めいせき》、頑固《がんこ》——そして愛嬌《あいきょう》。うん、これで決まったわ」

福家は首を傾げる。

「あなたにぴったりのカクテル。いつになるか判らないけれど、ご馳走するわ。そのときは飲んでくれるかしら」

福家は少し寂しそうに微笑み、言った。

「ええ、喜んで」

十三

田村真澄《たむらますみ》は、クッションにもたれながら、週末に買っておいた赤ワインを開けた。パソコンの電源を落とし、ゆったりと伸びをする。

タワーマンションの二十七階。誰もが羨むだろう夜景を前に、ワイングラスを傾ける。笑みが浮かんできた。ふと四年前のことを思いだしたのだ。

あのころは何もかも上手くいかなかった。真澄は建築デザイナーだ。当時は業界でそこそこ名の知られた事務所に所属し、日々クライアントの厳しい要求と格闘していた。これといった手応えも摑めず、もがけばもがくほど深みにはまっていく。プレッシャーと焦りで自分を見失っていた。

そんな中、ひどく目障りな同僚がいた。橋本由賀里《ゆかり》だ。明るく誰からも好かれる性格で、テクニックやセンスも並以上だった。由賀里は瞬《また》く間に事務所のエースとなった。やり甲斐のある仕事はすべて彼女に行き、真澄に回ってくるのは残りものばかり。由賀里がいる限り、自分に未来はない。そんな絶望感に囚われるようになった。

駅のホームで由賀里を見つけたのは偶然だった。得意先からの帰りで、普段は利用しない駅だった。帰宅ラッシュで混雑するホームに、男と並んで立つ由賀里の姿があった。男は、同じ事務所で働く若手の一人だった。二人の立つ位置、気を許し合った態度から、関係はすぐに察せられた。

人混みを縫いながら、真澄はそっと二人に近づいた。その時点で明確な意志があったわけではない。ただ、何かに操られるように、距離を詰めていった。

電車到着のアナウンスが流れ、ホームの端に電車の黒い影が見えた。

加えた力は、ほんのわずかだった。自分の前に立つ見知らぬ女性をわずかに押した。女性は「あっ」と言いながら、その前に立つ由賀里にもたれかかる。そのはずみで、由賀里は前にのめり、斜め前に立つ男の背中を押す形になった。ふいを衝かれたからだろう、男は大きくバランスを崩し、ホームから転落した。そして、電車が――。

警察は当初、故殺の可能性ありとして由賀里を疑っていたようだ。結局は事故として処理されたものの、由賀里は事務所を辞めた。

彼女の穴を、急遽《きゆうきよ》、真澄が埋めることになった。代役をそつなく果たし、事務所内での評価も上がった。それからは何もかもが上手く回り始めた。昨年、最大手の事務所に移り、収入も倍になった。いずれは独立し、自分の城を構えるのだ。

「乾杯」

真澄は窓ガラスに映った自分を見つめ、ワイングラスを掲げた。

私を止められる者などいない。私は警察ですら出し抜いたのだから。

インターホンが鳴った。

キッチン横の液晶画面に映しだされた姿を見て、真澄は眉をひそめた。紺色のスーツを着て野暮ったい眼鏡をかけた、見たことのない女が立っている。

真澄は応答ボタンを押した。鈴の鳴るような声が言う。

「田村真澄さんでしょうか。私、警視庁捜査一課の福家と申します」

画面いっぱいに映しだされたのは警察バッジだった。

「お話をうかがいたいのです。橋本由賀里さんの件で」

東京駅発6時00分　のぞみ1号博多行き

一

夜明け前の寒さは、骨を凍らせんばかりだった。ダウンジャケットを着こんでいても、自然と足が震えてくる。それが寒さのためか緊張のためか、蓮見龍一《はすみりゅういち》自身にも判断がつかない。

倉庫街の向こうに、黒い海がかろうじて見えた。遙か対岸には、星のように街の光が瞬《またた》く。

道の先に見えるのは、水上バスの発着場である。発着場といっても、雨をかろうじてしのげる屋根と券売機、職員の詰所があるくらいだ。屋根に取りつけられた照明が、桟橋へ繋《つな》がる通路をぼんやりと闇の中に浮かび上がらせている。ずいぶんと寂れた印象だが、休日ともなれば、湾岸の絶景を求め行列ができるほど人が押し寄せるらしい。実際、券売機の横には、来月にここ湾岸エリアで開かれるイベント「東京湾炎上」の大きなポスターが貼られていた。真っ赤に染まる東京湾をバックに、二十歳そこそこのアイドルが笑っている。肌が抜けるように白いことを除けば、これといった特徴のない顔立ちではあるが、まあ、若者には人気があるのだろう。

イベントが開かれるころ、自分はどこでどうしているだろうか。とたんに右手に提げたバッグがぐっと重さを増した。わき上がる思いを抑え、蓮見は船着き場の反対側に目を移した。

あの一帯は倉庫街だ。夜間はまったく無人となるが、そこここに街灯がある。その一つの下で、蓮見は再び女性のポスターを見た。

面影《おもかげ》がゆきに似ているな。特に目許が。もし生きていてくれたら……。

人の気配で、我に返った。いつもどおりの、せかせかとした靴音が近づいてくる。時間通りだ。

緊張した面持《おもも》ちの上竹肇《うえたけはじめ》は、値の張るコートを着て、黒い革の手袋をはめている。靴は磨いたばかりなのか、ピカピカだ。

上竹の全身をチェックすると、蓮見は重々しくうなずき、満足げに笑みを浮かべてみせた。

その瞬間、上竹の表情は安堵に変わった。

「こっちだ」

蓮見は船着き場に向かって歩きだす。昨夜まで降り続いた雪交じりの雨のせいで、道のあちこちに大きな水たまりができている。いくらでも回り道はできるが、あえて水たまりの多い道を選んで歩く。自分の靴が泥水でみるみる汚れていく。

上竹は恨めしげに足許を見ていたが、すぐに蓮見の後に続いた。

たったそれだけのことでも、蓮見には充分痛快だった。

靴を気にしながら、上竹は言った。

「ホント、光栄です。蓮見さんから直々《じきじき》に声をかけていただけるなんて」

「そんなに持ち上げるなよ。大したことないさ、俺なんて」

「そんなことないっすよ。今年の社長賞ですよ。ボルケフー証券ジャパンのトップ営業マンっすよ」

「去年は二位に甘んじたからね。今年こそはと思っていたが、本当に獲《と》れるとはね」

「入社五年目でトップなんて、やっぱ、すごいですよ」

「五年目って、よく知ってるね」

上竹は照れくさそうに頭を掻《か》きながら言った。

「実は俺、蓮見さんに憧《あこが》れてて、業界紙やネットに載った記事、スクラップしてるんですよ。壁に貼って、自分に気合を入れてるんです」

「ほう、それはちょっとした驚きだ。いや、素直に嬉《うれ》しいよ。ありがとう」

ボルケラーは、世界に名を知られるアメリカの証券会社だ。日本に上陸したのが十年前、以来、外資ではトップに君臨している。それを支えているのが、精鋭揃いと言われる営業マンたちだ。給料は完全歩合制で、仕事の成果が即手取りの金額となって表れる。成績次第では、通常のサラリーマンには考えられない暮らしが手に入る。蓮見自身、四十歳になった今年、湾岸のタワーマンションの最上階に引っ越した。

一方の上竹は、今年三十三歳。ボルケラー証券のライバルでもあるトンダイル証券の営業マンだ。

蓮見は船着き場に一歩一歩近づきながら言った。

「君の評判は聞いているよ。やり手なんだね」

「いやぁ、そんな……」

船着き場のゲート前に来ると、海から吹く凍りつくような風が頬を刺した。空が白み始めるまで、あと一時間ほどだろうか。

上竹はコートの前をかき合わせながら、その場で軽く足踏みをしつつ、蓮見を見た。

「あの……それで、今日はこんな時間にいったいどんなお話でしょう？」

期待で弾《はじ》け飛びそうな表情をしている。相変わらずの自信家だ。判ったよ、いい夢を見させてやろう。悪夢に落ちる前の一瞬くらいは。

「上司から、いい人材はいないかときかれてね。ふと頭に浮かんだのが君のことだ。何度かパーティで話をしただろう？　気になっていたんだ。よければ一度、上司を交えて食事でもどうかと思ってね」

「はい、喜んで！」

業界一位の社からヘッドハンティングされたのだ。頭の中ではファンファーレが鳴り響き、シャンパンが開けられていることだろう。

蓮見は言った。

「ところで君、坂下《さかした》ゆきのことを覚えているかい？」

「坂下……？　うーん、聞いたことがある気もしますけど……顧客《こきゃく》の誰かですか？」

「いや違う。よく考えて。考えれば思いだすはずだよ」

「え？　坂下ゆき……ゆき……あっ」

上竹は顔を上げる。

「御社の営業をしていた……？　たしか彼女は辞めて……いや、違う」

　上竹の表情が曇った。

「思いだしたかな？」

　蓮見は左手に持ったバッグを開き、中の拳銃をそっと手で包みこむ。

「えっと、自殺……したんじゃありませんでしたっけ。そのぅ、仕事に行き詰まったとかで」

「そうだ。苛酷な営業ノルマに苦しみ、上司からパワーハラスメントまがいの恫喝《どうかつ》を受け、あげくの果てにハイエナのようなトンダイルの営業マンによって死を選ぶまでに追い詰められたんだ」

「な、何すか、それ」

「ゆきはトンダイルの営業マンに顧客データを盗まれ、大口の得意先を奪われたと言っていた。証拠がないから訴えられないけれど、上竹肇に間違いない、と」

「ちょっと、それ……。い、嫌だなぁ、そんなバカなこと……」

　蓮見は銃口を上竹に向けた。

「正直に言った方がいい」

　上竹は口を大きく開け、がに股になって数歩、後ずさった。

「ゆきの顧客データを盗んだのはおまえか？」

　上竹は口をパクパクさせる。その表情がすべてを語っていた。

蓮見は微笑《ほほえ》んだ後、銃を握り直す。

「あと何年かしたら俺も行く。あの世で会ったら、もう一度殺してやるからな」

上竹は甲高《かんだか》い悲鳴を発すると、こちらに背を向けて駆けだした。

そう、それでいい。

詰所の陰に駆けこむ上竹を小走りで追い詰める。上竹は蓮見の方を向き、両手を高く上げてた。すぐ後ろは海だ。蓮見は銃口を振り、海から離れるよう指示する。

もはや上竹は蓮見の言いなりだった。蓮見に近づくのを避け、大きく円を描くようにして海側から倉庫側へ移動する。蓮見がわざと銃口を下げると、再び逃げだした。その背中にゆっくりと照準を合わせる。弾《たま》には限りがある。無駄弾は避けたい。

銃声が静寂の中に響き渡る。

上竹はアスファルトに横たわり、動かなくなっていた。

上竹のコートのポケットから携帯を取り、海に放った。蓮見は一呼吸置いて気持ちを切り替え、船着き場に戻る。詰所の陰に隠れ、上竹の姿は見えなくなった。

水の跳ねる音がして、暗がりから男が現れた。黒のロングコートに身を包んでいるため、顔だけが白く浮かび上がって見える。痩《や》せていて目が大きく、こんな場でなくとも、死神という形容がぴたりとはまる外見だ。男はアイドルのポスターを横目で見ながら、近づいてくる。

「あんた、なかなか度胸があるな。闇ん中で銃声を聞いたときにゃ、さすがの俺もブルったよ」

「申し訳ない。わざわざ出張《でば》ってもらって」

「いやいや。あんたにはいつも儲《もう》けさせてもらってる。たっての頼みとあっちゃ、断れねえよ」

男の名前は朝倉祐《あさくらゆう》、ヤクザ上がりの自称コンサルタントだ。一匹狼でありながら、どこでどう当たりをつけるのか裏社会の事情に通じており、用心棒から運転手まで何でも務める。それには殺しも含まれる。

ボルケラー証券に入社した蓮見は、朝倉に近づいた。本業の合間に投資信託などで助言をし、かなりの儲けをだしてやったのだ。抜け目なく狡猾《こうかつ》な朝倉も、もはや蓮見を信用しきっていた。

「で？　俺の役目は何だい？　ホトケさんの始末か、拳銃の始末か？」

「いや、そんなんじゃない」

蓮見は朝倉に銃口を向けた。一発目はわざと外し、彼のかなり左側を狙った。場数を踏んでいる朝倉の動きはさすがに速く、蓮見が再び銃口を向けたときには、ズボンの腰に挟んだ自分の銃を抜いていた。

そう、それが欲しかったんだ。

蓮見は、朝倉の胸を撃った。

銃声が消え、静寂が戻るころ、蓮見は銃をバッグの中にしまった。その場を離れる前に、念のため周囲を見回す。

視線が大の字に倒れている朝倉へと戻る直前、不思議な違和感を覚えた。

何だ？　慌ててここまでの記憶をたぐる。

数秒立ち止まって考えたが、違和感の正体を摑《つか》むことはできなかった。

まだやるべきことが残っている。のんびりここに留まっているわけにはいかない。

蓮見は来たとき同様、静まりかえる無人の倉庫街を歩き去った。

二

東京駅に着いたのは、午前五時半だった。既に在来線は動き始めているはずだが、周囲はまだ闇に包まれており、駅構内だけが目映《まばゆ》い光に包まれている。日本橋口から構内に入った蓮見は、明るさに目眩《めまい》を覚えたほどだった。

道々、あまりの寒さに辟易《へきえき》して自販機の缶コーヒーを二本も飲んでしまった。ややだぶついた腹を抱えつつ、蓮見は駅の隅にあるコインロッカーから、昨夜預けておいたフォーマルなスーツが入ったテーラーバッグとパソコンや下着を詰めた大型バッグ、畳んだロングコートを取りだしすぐに着る。

船着き場で身につけていたダウンジャケットと手袋は、袋に入れ、重しと共に海へ沈めた。

指紋や硝煙反応は気にすることもないだろうが、念のためだ。

銃を入れた小型バッグを含めて荷物は三つ。さすがにかさばって持ちにくい。蓮見は大型バッグを開き、銃が入っている小型バッグを一番上に置いた。

蓮見が乗る新幹線は、午前六時ちょうど発のぞみ1号だ。新幹線の改札は五時半に開く。

ホームに上がると、身を切るような北風が容赦なく吹きつけてきた。首をすくめながらふと前を見ると、ホームにも「東京湾炎上」のポスターが貼ってあった。またあの違和感がよみがえってきて、落ち着かない気分でじっと考える。

判らない。いったい何なのだ。

ホームにアナウンスが響いた。

「六時発のぞみ号、入線が遅れております。もう少々、お待ちください」

蓮見は軽く舌打ちして待合室へ向かった。これ以上、寒風にさらされるのはごめんだ。

待合室は十号車の停車位置前にあった。ガラス張りで、二十人ほどが向き合って坐れるスペースがある。暖房が効いていて、一歩足を踏み入れた瞬間にホッとした。

中ほどの天井近くにはモニターが一台あり、朝のニュースを映していた。

始発であるにもかかわらず、待合室は混雑しており、空いているのはモニター前の席だけだった。コートを脱いだ蓮見は、両隣に頭を下げつつ、腰を下ろす。どちらもスーツ姿の会社員で、一方は携帯電話に、一方は新聞に集中して、蓮見の顔を見ようともしなかった。

真向かいに坐っている地味な服装の小柄な女性が、缶飲料を美味《おい》しそうに飲んでいる。

ふと目を上げた蓮見の目に、あの船着き場の映像が飛びこんできた。

朝一番のニュースを中継で伝えていた。黄色いテープの規制線の前で、女性のリポーターが興奮気味にマイクを握っている。モニターから音声は出ていないので、何を喋《しゃべ》っているのかは不明だ。カメラは、忙しげに動く捜査員の姿を映しだしていた。

銃声に気づいた誰かが通報したのだろう。早めに引き揚げてよかった。

船着き場の様子がアップになった。ゲート、券売機からあのポスターまでをゆっくりと映していく。その瞬間、ずっと抱えていた違和感の正体が判明した。

そうか、そういうことか。あの位置で銃を構え、撃った。その結果……。

安堵のあまり、笑みが漏《も》れた。

のぞみ号が入線してきた。待合室の客たちが一斉に立ち上がる。さっきまで前にいた女性は、いつの間にか消えていた。

蓮見は八号車に入った。座席番号は17のA。進行方向から見て、車輛の最後部になる。ゆっくりと通路を進んでいく。座席は七割ほどが埋まっていた。コーヒーを手にくつろぐ者がいるかと思うと、既にPCを立ち上げキーを叩いている者もいる。

蓮見の席は窓際だった。壁のフックにテーラーバッグをかける。バッグとコートは棚に上げた。

坐ろうとしたとき、携帯が震えた。秘書課の女性からだった。慌ててデッキに出る。

「申し訳ありません、予定通りに出発されたか確認するよう言われておりまして。一時間ほど前、ご自宅にお電話したのですが、お出にならなかったものですから」

「大丈夫ですよ。ただ、正直言うと、昨夜はあまり眠れませんでね、ちょっと寝坊しました。せっかくのモーニングコールに気づかなかったようだ。でも何とか間に合いましたよ。まだコーヒーも飲んでいません。車内でゆっくりいただきます」

缶コーヒーを飲んだことなど知らぬ女性は、上品に笑って通話を切った。

上層部がいかに社員を信頼していないかの証《あかし》だろう。本国のCEOも来る重要な式典に遅刻でもされたら、上司が管理責任を問われる。式典出席者全員に連絡が回っているに違いない。

まったく忌々《いまいま》しい。だが、それも今日で終わりだ。俺が終わらせてやる。

口を固く結び、蓮見はデッキから戻って腰を下ろした。

「うわー」

車内に子供の声が響き渡った。小学校低学年くらいの男の子が、進行方向に向かって通路を猛ダッシュしていく。少し遅れて、荷物を抱えた母親が申し訳なさそうな表情で続く。男の子は後ろを振り返るそぶりも見せず、ドアを開け七号車の方へと走り去った。自由席、あるいは前方の指定席車輛に乗るつもりだったが発車に間に合わず、近くのドアから飛び乗った。そのため前方車輛に移動中——。そんなところだろう。

やれやれ。シートに坐り直し、目を閉じた。京都まで心静かに行きたいものだ。

「あら」

鈴の鳴るような声が聞こえた。目を開けると、眼鏡をかけた小柄な女性が通路に立っていた。

「あ……」

思わず声を上げたのは、彼女が待合室で向かいに坐っていた当人であったからだ。この反応を見ると、向こうもこちらを見ていたらしい。

「もう一本これを買おうと思って売店に寄ったら、もう少しで乗り損ねるところでした。ドアが閉まる寸前、目の前の車輛に飛び乗りまして」

女性の手には缶コーヒー……いや、違う。お汁粉だ。缶しるこだ。こんなもの、誰が飲むのだろうかと、長年、訝《いぶか》しんでいたのだが。

ガクンと微《かす》かな揺れと共に、のぞみ号が発車した。これから京都まで、二時間少々の旅である。

「お坐りにならないのですか？」

蓮見が声をかけると、女性はハッとした様子で、言った。

「ああ、そうでした」

肩にかけていたバッグを膝《ひざ》に載せ、蓮見の隣、通路側の席にちょこんと浅く坐った。

妙な女性だ。相手にしないことに決め、蓮見は窓の外に目をやった。

新幹線はすぐに品川駅に着く。品川と新横浜で、席はほとんど埋まるだろう。

蓮見は携帯でネットニュースを確認する。様々なサイトを回ってみるが、事件の詳報を載せたものはない。被害者の名前すら未公表だ。

いずれにせよ警察は、蓮見の計画通り、朝倉に関わる事件として初動捜査を開始するだろう。真実が判ったときには、すべてが終わっている。

品川を過ぎて少ししたころ、車内販売のワゴンがやってきた。蓮見は徐々に白み始める窓の外を眺めながら、やり過ごす。

「あのぅ」

優しく肩を叩かれた。反射的に目を向けると、隣の女性が蓮見の顔をのぞきこんでいる。驚いてのけぞったため、後頭部を窓にぶつけた。

「え……あ……」

「コーヒー、行ってしまいましたよ」

「は？」

「車内販売です。コーヒーを買わなくてもいいのですか」

この女は、いったい何を言っているのだろうか。

「あなた、発車前に電話でおっしゃっていましたよね。朝、寝坊してコーヒーが飲めなかった、車内で飲むと」

「……僕の電話を聞いていたんですか？」

「自分の席に戻る途中、デッキでたまたま聞いてしまいまして。私の場合は、このお汁粉が大好きで、朝から一本飲まないと、どうにも頭が働かないのです」

女は座席前のテーブルに置いた缶を指す。

「前は温かいものがよかったのですが、最近はキンキンに冷えていないとダメです。待合室でも一缶飲みましたが、手に入れるのが大変でした。この時期、温かいものしかないとのことで。売店に頼みこんで、販売機に入れる前の缶を売ってもらいました。箱ごと外に置いてあったので、幸いかなり冷えていました。何しろ、この寒さですから……」

「ちょっと」

延々と続く女のお喋りを、蓮見は遮《さえぎ》った。

「おっしゃることは理解しました。実を言いますと、朝のコーヒーは既に飲んだのです。わけがあって、電話ではああ言いましたが。それでも、あなたのご親切にはお礼を申し上げます」

女は一瞬、キョトンとした表情で蓮見を見たが、やがて「ああ」とうなずき、ぺこんと頭を下げた。

「それは失礼しました」

「いいえ」

蓮見は目をそらし、瞼《まぶた》を閉じようとした。だが、相手は口を閉じてくれない。

「どちらまで、行かれるのでしょう?」

「……京都まで」

「あら、私も京都です。お仕事で？」

「ええ、まあ」

「私も仕事なのです。人材交流の一環ということで、東京から派遣されることになりました。しばらく京都暮らしです」

聞き役に徹するのも、もはや限界だった。仕方なく、適当な質問を返す。

「ほう、それはいい。お仕事は何をされているのです？」

「公務員です」

「僕は証券会社で営業をしています」

女は目を輝かせる。

「そうですか。実はそうしたものには前々から興味があるのです。よろしければパンフレットなどいただけませんでしょうか」

蓮見は荷棚のバッグをちらりと見上げる。

「申し訳ない、今日は持っていなくて。後日お送りしますので、名刺か何か頂戴できませんか」

女性は慌ててスーツのポケットを探り始める。

「えぇっと、名刺入れ……どうしたのかしら……財布には入れていないし……あ！　冷蔵庫の上に置いてきた！」

蓮見は苦笑する。この調子では、職場でもさぞお荷物であろう。公務員でなければ、とっくにクビを切られているかもしれない。

「困ったわ、どうしましょう……あ、では身分証をお見せしますね。それでもいいでしょうか」

「身分証？　ええ、いいですけど」

女はポケットから黒い手帳のようなものを取りだした。それを開き、蓮見に見せる。

「警視庁捜査一課の福家《ふくいえ》と申します」

三

海からの寒風に身をすくめながら、二岡友成《におかともなり》は現場の最終確認を行っていた。昨夜は比較的平穏で、大きな事件もなく勤務を終えられるかなと考えた矢先の、臨場要請だった。

船着き場に死体が二つ。凶器は拳銃で、弾は一発ずつ被害者の体内に残っている。まだ夜明け前ということもあり、現場一帯は巨大なライトで昼間のように照らしだされていた。

「おい、通してくれ。邪魔だ」

威圧的な怒鳴り声が聞こえた。日塔《にっとう》警部補の声だ。性格はきわめて粘着質で、狙った獲物は絶対に逃さない。逮捕のためであれば、多少の違法行為にも目を瞑《つぶ》る。――柔道で鍛《きた》えた巨体と威圧感で悪党も同僚も震え上がらせてきた男だが、最近はなぜかダイエットに励んでいるらしく、見違えるほどスリムになった。さらに、桜井《さくらい》という若手刑事が相棒につき、これがなかなかの名コンビと評判で、次々に手柄をたてている。かつては外れクジの日塔とあだ名され、難事件ばかり担当させられていたが、最近はそこそこ運が向いてきたらしい。

「おう、二岡か。悪いな、遅くなっちまって」

「いえ、ちょうど検証が終わったところです」

「大体のことは聞いた。被害者二人の身許は？」

「こっちに倒れている男は朝倉祐……」

日塔とその斜め後ろに立つ桜井の顔色が変わった。

「朝倉ぁ？」

日塔は仰向《あおむ》けに倒れた遺体をのぞきこむ。

「間違いない、朝倉だ。この野郎、俺が捕まえる前に昇天か」

桜井がぼそぼそとくぐもった声で言った。

「こいつなら天国より地獄なんじゃ」

「うるせえよ。天国に行ってくれれば、俺が死んだ後、あっちでもう一度逮捕できるだろう」

「警部補、天国に行くつもりなんすか？」

「悪いか」

「いえ」

なるほど、いいコンビかもしれない。

桜井の頰にビンタをかました後、日塔は猟犬の顔に戻る。

「正面から胸を撃たれてるな。右手に握っているのは自分の銃か」

二岡は言った。

「被害者の銃からは一発も発射されていません。待ち合わせた何者かと争いになり、銃を抜いたものの相手の方が早かった。そんなところでしょうか」

「朝倉は芯から腐った野郎でな、敵も多かった。いつこうなってもおかしくなかったさ。で？　あっちのホトケさんは？　朝倉の仲間かい？」

「社員証がありました。上竹肇、トンダイル証券勤務。朝倉との関連はまだ浮かんでいません」

「そんな一般市民が何でこんな場所に？」

二岡は日塔たちを連れ、遺体に向かう。上竹は俯《うつぶ》せに倒れ、背中を撃たれていた。それを見た桜井が言った。

「この人、巻き添えを食っただけじゃないすか？　夜景とか日の出を見に来たんじゃないすかね」

日塔は上竹の上着に顔を近づける。

「携帯は？」

「見つかっていません」

「持ち去られたか、海に落ちたか……。状況から見て後者だろうなぁ。桜井の説が当たりだろうぜ」

日塔が立ち上がる。

「詰所の陰にいたら、朝倉たちからは死角になる。こいつがいるとも知らず、犯人は朝倉にぶっぱなした。驚いた上竹は、叫び声を上げたんだろう。鳥も鳴かずば焼かれまいだ」

「警部補、キジも鳴かずば撃たれ……」

「うるせえ。わざとだよ、わざと言ってんの」

鋭いビンタが桜井に命中する。

「とにかく、驚いて逃げようとしたところを背後から撃たれた。巻き添えだな。かわいそうに」

左頬を押さえた桜井が目を潤《うる》ませながら言う。

「とりあえず、朝倉の昨日の行動と交友関係、当たります」

「そうだな。徹底して洗え。こいつは案外、楽なヤマかもしれん」

二岡の携帯が鳴った。発信者は……

「け、警部補!?」

「おう、何だ？」

日塔が答える。

「いえ、すみません、警部補のことじゃないんです。警部補が電話をかけてきて」

「意味が判らねえよ。ここで警部補といえば俺だろうが」

「警部補は警部補でも福家警部補……」

日塔の眉間《みけん》に深い皺《しわ》が刻まれる。

「なにぃ？　あいつはしばらく京都だろ？」

「はい。たしか今日、出発のはずです」

二岡は通話ボタンを押す。聞き慣れた鈴のような声が聞こえてきた。

「二岡君、ききたいことがあるのだけれど」

「何でしょう」

「そっちで事件が起きていない？」

二岡は心臓の鼓動が速まるのを感じた。捜査一課には、福家を魔女だの千里眼だのと呼ぶ者がいるが……。

「えっと、実は僕、事件現場にいるんです」

「犯行時刻は深夜から早朝にかけて。場所は船着き場。凶器は拳銃」

魔女だ……やっぱり魔女なんだ。二岡の前では、日塔が何の用件か教えろと、まさに鬼の形相《ぎょうそう》になっている。魔女と鬼の間で、二岡は混乱するばかりだ。

「福家警部補がおっしゃる通りの現場です。被害者は二人。一人は朝倉祐。警部補もご存じかと思います」

「ええ、知っている。運転手から死体の処理まで、一匹狼の掃除人……一匹ハイエナというところかしら」

「なるほど。さすが警部補、うまいこと言いますね」

太い腕が伸びてきて、二岡から携帯を奪い取った。

「福家、どういうことだ？　人の現場にチャチャを入れないでもらいてえな」

怒り心頭といった日塔であったが、話を聞くうち、トーンが変わってきた。心なし顔色も青ざめている。

「なるほど……そうか……判った。ああ、この際、担当だ何だは言いっこなしだ。情報は、俺よりも……そうだな、二岡に集めるのがいいだろう。何かあったら二岡に連絡しろ。ああ、判った」

通話を終えると、日塔は携帯を二岡にひょいと投げる。

「この現場の状況を、細大漏らさず福家に伝えろ。桜井と協力して、資料もすべてデータにして添付だ。いいな」

桜井が仰天《ぎょうてん》した様子で詰め寄った。

「警部補、どういうことですか。そんなことしたら、また手柄を取られちゃいますよ」

日塔のビンタが飛ぶ。

「または余計なんだよ。年中、手柄を取られてるみたいじゃねえか」

頰を押さえながらも、桜井は黙っていない。

「情報を送るんだったら、電話でいいじゃないですか」

またビンタが飛んだ。

「バカ野郎、そんなことできるか。福家は殺人犯の隣にいるんだぞ」

四

前方の電光掲示板に、「ただいま小田原駅を通過。」と表示された。

車内は混み合っているが、ほとんどが会社員で、目を閉じているか、カタカタとパソコンのキーを叩いているかのどちらかだ。話し声は聞こえず、列車のたてる音だけが、車内を満たしていた。

隣の刑事は、一度電話をしにデッキへ出た後、沈黙を通している。よりによって隣に刑事が坐るなんて。しかも捜査一課の……。

しかし、外見や振る舞いから見て、有能な人物とは思えない。そんな凡庸《ぼんよう》な人間が、どうして優秀な人材の宝庫であろう捜査一課に配属されているのか。

彼女は、先ほどから携帯の画面を注視している。細くしなやかな人差し指で、画面をスクロールさせていた。

蓮見も再度、ニュースサイトを開く。トップは船着き場の事件ではなく、数日前に逮捕された殺人容疑者の続報だった。容疑者は田村真澄《たむらますみ》という女で、四年前、職場の同僚男性をホームから転落させて殺害した。その事件で警察は当初被害者の恋人を疑い、厳しい取り調べを敢行《かんこう》、その後容疑は晴れたものの、女性は現在も精神が不安定であるという。

ゆきが死んだとき、蓮見も警察で話をきかれた。彼女の死に動揺しているというのに、刑事は無遠慮な質問を次々浴びせてきた。思わずカッとなり声を荒らげた蓮見に、刑事の一人が薄ら笑いを浮かべながら言ったことを、蓮見はまだしっかりと覚えている。

『短気だねぇ。恋人と喧嘩《けんか》して、あんたがやったんじゃないの？』

その直後、ゆきの死は自殺と判り、蓮見は解放された。

警察はいつも同じだ。あのときの刑事も、可能なら復讐のリストに入れたかった。

「どうかなさいました？」

福家が声をかけてきた。感情が顔に出すぎてしまった。後悔したが、もう遅い。蓮見はわざと顔を顰《しか》めながら言った。

「ホームから突き落としたこの事件、ひどいですね。犯人はもちろんだが、警察の対応も……おっと、これは失礼」

「いいえ、おっしゃる通りです。一言もありません」

福家はしゅんと頭《こうべ》を垂れる。

「時間はかかってしまいましたが、犯人を逮捕できたことは、せめてもの償いだと考えています」

まるで自分が解決したかのような物言いである。妙な女だ。蓮見はそこで会話を打ち切るつもりだったが、福家はなおも話しかけてきた。

「間違っていたら申し訳ありません。ボルケラー証券の蓮見龍一さんですか?」

「ええ、そうですよ」

福家は慌てた様子で携帯をしまい、またぺこんと頭を下げた。

「私、一度、あなたの講演を聴きに行ったことがあるのです」

「ほう、それは意外ですね。僕が得意とする取引は、ハイリスク、ハイリターン。公務員でそうした志向の方はあまりいらっしゃらない」

「友人の勧めで、株をやってみたことがあります。利益はほとんど出ず、よくてトントン、ひどいときですと、一か月分の給与がパアに」

「まあ、素人《しろうと》の方にはよくあることです」

「それでどうしたものかと思いまして、評判の高いあなたの講演にうかがった次第です。あのときは驚きました。お金持ちの方ばかりかと思ったら、老若男女、いろいろな方がいらしていて。中には学生さんもいらっしゃいました」

「ええ、最近は多いですよ。投資研究会などのサークル活動も盛んですからね」

「しかし、かなり危険も大きいわけですよね。全財産をすってスッポンポンになったり」

「スッテンテンです」

「ああ、スッテンテン。ところで、スッテンテンの語源は何なのでしょう」

「知りませんよ、そんなこと。そもそも僕はスッテンテンとは無縁だ。必ず利益をだす、それが売りでね」

「どうしてそのようなことができるのでしょうか。相場は水もので、どう動くか判りません」

「情報ですよ。情報を集め、取捨選択する。一つ教えてさしあげるが、ネットの情報ほど当てにならないものはない」

「それにしては先ほどから、ずいぶんとネットのニュースを気にしておられるようですね」

　福家は座席前のテーブルに置いた携帯に目を走らせる。

「ニュース全般は把握しておきますよ、もちろん。普段は新聞やテレビから情報を取る。今日はこの通り、新幹線の中ですからね、特別だ」

「特別といえば、私も特別な案件を抱えて悩んでいるのです」

　いい加減、話を打ち切りたい。トイレに行くふりをして、席を離れよう。腰を上げかけた蓮見を、福家の言葉が押《お》し止《とど》めた。

「東京で早朝、殺人事件が起きたのですが、一つ、どうしても引っかかる点があるのです」

　蓮見は心中の動揺を気取《けど》られぬよう、慎重に坐り直す。

「殺人というと、もしかして、船着き場か何かで起きた」

「その通りです」

「待合室のテレビで見た」

「その事件、本来なら私が担当するはずだったのです。急に京都行きが決まり、同僚に代わってもらいましたが」

「ほう、それは……」

すごい偶然だ、と心の内でつぶやく。

「実を言うと、その……見かけで人を判断してはいけないと、僕自身、投資家にいつも言っているんだが、どうしても君が一課の刑事とは思えなくてね」

「よく言われます」

「しかし、いかに一課の刑事とはいえ、君は現に京都に向かっているんだ。東京の事件は、同僚に任せるほかないだろう」

「はい。ただ、代わってくれた同僚が律儀《りちぎ》な人物で、いちいち携帯に現場の報告をしてくるのです。状況などを見ているうち、細かいところが気になり始めて……」

「なるほど。で、どうして僕にそんなことを言うのかな」

「著名なトレーダーであるあなたなら、バラバラなデータを組み合わせて、突破口を見つけられるのではないかと思いまして」

「それは買いかぶりというものだ。株についてはプロでも、殺人事件に関してはずぶの素人だよ。本職の君にかなうはずもない」

「ですが、我々とは違った着眼点、閃《ひらめ》きがあると思うのです。特別に協力していただけないでしょうか」

「まあ、断ったところで、ここは列車の中。その上、君と僕は隣同士だ。どうすることもできない。君が事件について話すのを、止める権利はない。やるのなら、ご自由にどうぞ」

思ってもみなかった展開だが、蓮見は平静だった。不安や恐怖にその都度惑わされていても仕方がない。大切なのは、情報を集め、分析し、確信を得られるまで待つことだ。

福家が話し始めた。

「遺体が見つかったのは、東京湾にある通称第二桟橋。水上バスの発着場です。あの辺りは倉庫街で、昼間はともかく夜間はまったく人気《ひとけ》がなくなります」

のぞみ号は新富士を通過。冬晴れの澄んだ青空が広がり、反対側の窓からは、富士山の美しい姿を望むことができるようだった。外国人客数名が、口々に歓声を上げ、写真を撮り始めている。そんな中、蓮見と福家は会話を続けていく。

「遺体の一人はヤクザ上がりの男です。もう一人は、あなたと同じ証券マンでした」

「証券マン……まさか、うちの……」

「いえ、トンダイル証券の上竹肇さんとおっしゃる方です。お知り合いですか？」

「知り合いではないが、パーティなどで何度か顔を合わせたことはある。僕より年下だが、かなりのやり手だと業界でも評判だよ。それにしても彼が……」

蓮見は額に手を当てて、混乱している風を装う。福家はちらりと自分の携帯に目を落とすと、淡々とした調子で続ける。

「殺害時刻は深夜というより早朝、午前四時前後だと思われます」

「四時……そんな時間に、彼はなぜそんな場所にいたんだろう」

「そこなのです。我々も判らなくて」

「これはあくまで僕の経験からだが……」

「そういう意見こそ、お聞きしたいのです」

「営業マンは歩合制なんだ。連日、深夜まで仕事に追われる。一日の仕事が終わったとき、クールダウンしないと眠ることができない。睡眠薬の世話になっている同僚もいた。僕の場合は、自宅に帰り、音楽を聴きながら淹《い》れたてのコーヒーを飲む。それで朝までぐっすり眠れるんだ。コーヒーを飲んだら眠れなくなりそうだが、僕は逆だな。もしかすると彼も、あの場所でクールダウンしていたのかもしれない」

「なるほど」

福家はうんうんとうなずきながら、いつの間にか取りだした手帳にせかせかと書きこんでいる。

「私も深夜まで仕事に追われることがあります」

「刑事さんは大変だろうね。君はどんな風にクールダウンを？」

福家は首を傾《かし》げ、しばし考えこんでいたが、すぐに目を輝かせて言った。

「クールダウンの必要はないのです。寝ませんから」

「え？」

「寝なければ、眠れなくて悩む必要もありません」

「……なるほど。そういう考え方もあるか」

「あなたがおっしゃったこと、実は私も考えました。ただ一点、どうにも説明のつかないことがあるのです」

「というと？」

「靴です。靴が汚れていたのです」

「話が見えないな」

「一流の営業マンだけあって、上竹さんが履《は》いている靴は高価なものでした。にもかかわらず、船着き場に行くのにぬかるんだ道を通ったため、ひどく汚れていました。現場周辺は道が碁盤の目状に走っています。ほんの少し回り道をすれば、靴を汚すことなく船着き場まで行けたのです。被害者はどうして、わざわざ水の溜まった道を歩いたのでしょうか」

「靴に対する愛着というのは、人それぞれだろう。高価な靴を履いている者が、靴を大切にするとは限らない。トンダイルで好成績を上げていたのであれば、それなりの額をもらっていただろう。靴は消耗品、そう割り切っていたのではないかな」

福家は自分の靴を見下ろして、言った。

「そうなのでしょうか。まあ、私も履き物にはまったく頓着《とんちゃく》しない方ですが」

蓮見も自分の靴を見る。最高級ブランドの逸品だ。あの後、自分で徹底的に磨いた。いまは泥汚れどころか、くすみ一つない。

「あなたの靴は見事です。そういえば、今日はどんな用事で京都まで行かれるのですか？」

棚上のバッグに目をやった後、蓮見は言った。

「僕のことなんてどうでもいい。事件の話をしていたのではなかったかな」

「そうでした。どうも注意力が散漫で」

「もう一つ僕が気になっているのは、もっと根本的な点だ。なぜ、彼が殺されたのか。現場ではもう一人、ヤクザ者が殺されたとのことだったが」

「おそらく巻き添えになったのだと思います。どういう理由かは判りませんが、上竹さんはあの船着き場にいた。そのとき、運悪くヤクザ者がやってきた。それは朝倉という敵の多い男でした。彼が待ち合わせをしていたのか、何者かに誘《おび》きだされたのか、それはまだ判りません。いずれにせよ、朝倉はそこで殺害された」

「撃たれたときの詳しい状況は、判っているのだろうか」

「実は、沖に船をだしている人がいました。釣果《ちょうか》がなく、エンジンを止めて中で横になっていたそうです。その方が銃声を聞きました」

蓮見は未明の状況を思い浮かべる。真っ暗な海面に、船影は確認できなかった。岸からの距離がどれくらいかは判らないが、銃声を聞いただけで何も見てはいないらしい。福家は説明を続けていた。

「銃声を聞き、驚いて起き上がったそうです。その後しばらく間があって、短い間隔で二発。遺体の状況から見て、犯人はまず朝倉を撃ち、上竹さんの存在に気づいた。そして逃げる彼に向けて撃った。一発目は外れ、二発目が命中――」

「銃に詳しくはないが、拳銃の命中精度はあまり高くないと聞いたことがある」

「ある程度の訓練と経験を積まないと、命中させることはできません」

「訓練と経験を積んだ刑事である君なら、百発百中だろうね」

「それが……私が撃つと、なぜか明後日《あさって》の方向へ行ってしまうのです」

「それは恐ろしい。流れ弾に当たるのは勘弁してもらいたいな。それで、犯人は三発撃ったが一発外した、か……ひどい話だ。上竹君は偶然その場にいたために……」

「お気の毒です」

「上竹君が巻き添えだったのなら、警察が洗うべきは、その朝倉とかいう男の身辺になるのかな」

「ええ、セオリー通りですとそうなります。いまごろ、関わりのあった組事務所の捜索も行われているでしょう。容疑者が浮かんでいるかもしれません」

「犯人は絶対に捕まえていただきたい。何の罪もない上竹君を……」

列車は浜名湖畔を、猛スピードで走って行く。名古屋まであと少し。

五

有楽町《ゆうらくちょう》の駅前にあるパチンコ屋の前で、二岡は寒さに震えていた。横には北風にびくともしない日塔がいる。間もなく、皺一つない黒のスーツを着た初老の男が、改札を出てこちらに向かってきた。大きなバッグを提げている。黒縁の眼鏡に、いまどき珍しいチョビ髭《ひげ》を生やしていた。

「えっと、こちら、刑事さんでよろしかったですか」

人なつっこい笑みを浮かべ、男は二岡たちに言った。日塔の発する威圧感も、この男には効果がないらしい。日塔は男を睨《にら》みつけると、警察バッジを示しながら言った。

「捜査一課の日塔です。こちらは二岡。あなたが井川繁《いがわしげる》さん？」

「はい。急用だってことで、慌てて飛んできました。家は西葛西《にしかさい》でしてね、普段だとあと二時間くらいは家でのんびり……」

「ご足労をおかけして恐縮です。それで……」

「するところなんですが、いきなり警察から電話でしょう。びっくり仰天でね。昨日、俺が靴を磨いたお客さんが殺されたかもしれないって」

井川は日塔の言葉を無視して喋り続ける。相当な強心臓だ。

「お忙しい刑事さんにわざわざ来てもらうのも申し訳ないのでね。仕事場の有楽町の近くにいらっしゃるってことだったから、慌てて家を飛びだしたってわけで」

日塔は下唇を噛み、苛立《いらだ》ちと闘っているようだった。

「自宅での貴重な二時間を無駄にしてしまい申し訳なく思っています。それで……」

「いやもう、何でもきいてください。そこのビルの一階でね、靴磨きやってるんですよ。いまどき珍しいでしょう？　でもけっこう需要があるんですよ。忙しいときなんて、一日中、磨きっぱなし。まあ、いまの人もいろいろあるんだねぇ。嫌なことがあったから、気分転換に靴を磨く。大事な会議の前には験《げん》担ぎで必ず靴を磨く。親に貰《もら》った大切な靴だから、メンテナンスの意味もこめて靴を磨く。ああ、いろいろだねぇ」

「井川さん……」

日塔は沸騰《ふっとう》寸前だ。そんなことにも気づかず、井川は喋り続ける。

「昨日もね、三十歳前後の人が来てね。何度か見かけたことのある常連さん。俺が担当したのは初めてだったけど。いつもいいスーツ着てるんだよ。頭のてっぺんから足の先までピシッとしてて。髪もこう、全然乱れてない。あれ、固めてるんだね。風が吹いてもなびかないのよ」

「井川さん……」

「すごくいい靴だったよ。履きこんでいたけど手入れもよくて、俺、ちょっと嬉しかったなぁ」

「井川……」

「その人、証券会社の営業なんだってさ。売り上げ上げたら上げただけ、給料が上がるんだって。すごいよね。あ！　申し訳ない。勝手に喋っちゃって。口ばかりよく動くっていっつも言われるの。ごめんなさい。で、何かききたいことがあるんでしょ？」

「そのまま喋れ」

「え？」

「いまの調子で喋り続けろ」

「……あ、そう。でね、その人、何ていったっけなぁ、ゴンゴロスでもない、ガラキングでもない……トンダイル！　それ、よく出てきたなぁ、トンダイル証券の人。入社したばかりのころ、上司に言われたんだって。人はまず靴を見る。靴には注意しろ。特に、自分が大切に思う人や尊敬する人と会うときは、絶対に靴を磨いてから会いに行け——いいこと言うよねぇ。それで、靴磨きに来たんだって。午後九時の店じまい直前に飛びこんで来たからよく覚えているんだよねぇ。誰と会うかまでは聞かなかったけど、上手《うま》くいってるといいねぇ。俺、毎日、そんなことばっかり考えてるの。靴磨いた人が幸せになったらいいねぇって。さてと、で、刑事さんが聞きたいのは、どんなお客さんのこと？」

「もういい」

「へ？」

「助かったよ」

日塔はポケットに両手を入れたまま、歩き去る。ポカンとそれを見送る井川に一礼すると、二岡は慌てて後を追う。

「勝手に全部、喋ってくれましたね。でも、あれだけでよかったんですか？　もっと突っこんだ方が……」

「充分だ。こっちには時間がない。福家には俺からメールする」

「それで、これからどうしますか？」

「上竹の自宅に行く。一人暮らしだったな」

「はい。豊洲《とよす》のタワーマンションです」

「徹底的にやるぞ」

日塔の携帯が鳴った。

桜井から報告が入ったようで、日塔は携帯を耳に当て、何度もうなずいていた。

「よし、引き続き頼む」

携帯をしまい、日塔が言う。

「凶器の銃には前科《まえ》があった。そっちは桜井に当たらせている。二岡、おまえにも頼みたいことがあるんだが、いいか？」

「もちろんです」

「福家が言ってきた、蓮見が働いている会社……ボルケラーか。そこへ行って、蓮見のことを洗いざらい調べてこい」

また日塔の携帯が鳴る。発信者の表示を見て、彼の表情が曇った。

「どうした？　何かあったのか？　うん？　名古屋で……ああ。愛知県警に根回しをすることは可能だ。問題は時間だな。女性警察官を……ふむ、判った。任せておけ」

日塔は腕時計に目を走らせる。

「だが時間がない。精一杯やってはみるが。ああ、判った」

日塔は舌打ちと共に通話を終えた。

「警部補、誰からです?」

「福家だよ」

「え?」

「詳しい説明は後回しだ。とにかく時間がない。ボルケラーの捜査が終わったら、データはすべて愛知県警に送れ。プリントアウトして捜査員に持たせ、名古屋駅のホームで福家に渡すよう言うんだ。あとは、あいつが何とかしてくれる」

「判りました」

「ここからは別行動だ」

「上竹さんの自宅は?」

「そうだなあ、ヒマな須藤《すどう》でも行かせるか」

「警部補はどちらへ?」

「ちょっとした仕込みだ。福家のヤツ、面白いことを考えやがる」

日塔はニヤリと笑うや、地下鉄へと通じる階段を駆け下りていった。

六

「間もなく名古屋です」

アナウンスと共に、乗客が降車の準備を始めた。

浜名湖を過ぎて以来、隣の福家は沈黙を守っている。蓮見はずっと考え続けていた。

次の名古屋で降りるべきか。

隣に刑事が乗り合わせたのは、不幸な偶然だ。大して気にすることではないのかもしれないが、摑みどころのない不可思議な刑事はかなりのくせ者だ。無能を装いとぼけたことを言っているが、上竹、朝倉殺しと蓮見を関連づけている節がある。いったい、何がきっかけでそうなったのか。どれだけ思案しても、思い当たることがない。

蓮見にはまだ、やらねばならないことがある。上竹殺しは計画の第一歩にすぎないのだ。ここで捕まるわけにはいかない。

のぞみ号は名古屋駅のホームに入る。

どうする。思わず肘掛《ひじか》けを握り締めていた。

今後の計画をあきらめ、ここで下車して東京に戻る。そして新たな計画を練るか。

いや、ここまで来るのに七年かかった。これだけの条件が揃う機会がまた来るとは思われない。あきらめてはいけない。

どうする。

そのとき、福家が音もなく席を立ち、デッキに出ていった。降りるわけではないだろう。

もし銃を始末するのであれば、いましかない。銃を捨て、計画を中止する——。

そう繰り返す自分がいる一方、冷静さを取り戻せと諭《さと》す自分もいた。

現時点で、蓮見は容疑者でも何でもない。蓮見の同意なくして、福家はバッグを開けることすらできないのだ。

それに、これは罠かもしれない。わざと席を外し、蓮見が行動を起こすのをどこかで見守っているのかもしれない。

計画は続行する。蓮見は決めた。計画遂行《すいこう》のあかつきには、もとより逃れるつもりなどない。天の配剤から始まった復讐計画だ。最後まで天に任せるのも悪くない。

ゆき、面白い展開になってきたぞ。

蓮見はシートに深々と坐り直す。発車ベルが響き、ドアの閉まる音がした。がくんと車体が揺れ、ゆっくりと進み始める。蓮見は大きく息をついた。これで逃げ場はなくなった。のぞみ号は京都まで停車しない。

福家が戻ってきた。分厚いファイルを抱えている。

なるほど、名古屋で事件資料を受け取ったわけか。浜名湖通過後、追及の手を緩《ゆる》めたのは、一つには資料不足、二つには名古屋で蓮見の降車を阻止する意味合いがあったのかもしれない。

「何やら物々しいね」

蓮見は言った。

「ええ。寝ている暇もありません」

福家はファイルを開かずに答えた。

「事件に何か進展は？」

福家に指摘されて以来、携帯を見ていない。不安は募《つの》るが、刑事の横でネットの情報に一喜一憂しても仕方がない。

福家は浮かぬ顔で答える。

「進展は、あったと言えばあったのですが……逆に疑問点も増える有様で」

「困ったものだね。ところで、先ほど言っていた靴の問題、あれは解決したのかな」

車内の照明を受け、福家の眼鏡がきらりと光った。

「その件も、おかしなことになっているのです。実は、財布に入っていた領収書から、上竹さんの靴を磨いた職人が判りました」

「ほう、それはすごい」

「有楽町のビルに、靴磨きをするスペースがあるらしいのです。いつも、そこで磨いてもらっていたようです」

蓮見はうなずく。

「なるほど、判ってきたよ。トンダイル証券の伝統だ。常に靴を磨け」

「上竹さんは実践されていたのですね。上司や同僚によると、彼は重要な会合や会議の前には必ず靴を磨いていたそうです。調べたところ、上竹さんは昨夜九時ごろ、その行きつけの靴磨きに飛びこんでいます」

「ほう。深夜か早朝、大事な会合でもあったのかな」

「その通りです。今朝、大事な顧客と朝食をとる約束がありました。ところが、その靴を履いて、上竹さんは現場の水たまりを歩いている。靴は泥だらけでした」

「追われて逃げたときについたのでは？」

「その足跡は別に残っていました。上竹さんはなぜ、せっかく磨いた靴で水たまりを歩いたのでしょう」

「……まったく判らんね」

「こう考えたらどうでしょうか。上竹さんは、船着き場で誰かと会っていた。それは、朝食をとる相手よりも重要な人物だった」

「まあ、あり得ないことではない。しかし……僕はその船着き場に行ったことはないが、人も来ない寂しい場所なのだろう。それに昨夜は寒かった。そんな場所で顧客に会うだろうか」

「顧客とは限りません。上竹さんの上司、あるいは尊敬する誰かかも。上竹さんは深夜、指定された場所に赴《おもむ》きます。そこで何者かと会う。その人物は、ぬかるんだ道を進み、船着き場へ向かった。上竹さんは別行動を取ることもできず、やむなく従った。これで説明がつきます」

「……まあ、筋は通る」

「上竹さんは、その人物の言いなりだった。時間も場所も、指定された通りに行動するしかなかったのです」

「同じことが靴にも言える……か。で、そんな人物がいるのかね」

「ええ。同僚が上竹さんの自宅を捜索しました。その結果、彼が目標としている証券マンが浮かんできました」

「それは誰だい？」

「蓮見龍一さん、あなたです」

「何と、それは驚きだ。そんなこと、彼は一度も言ってくれなかったが」

「あなた、昨夜、上竹さんと会われましたか？」

「とんでもない。昨夜は……十一時まで社で仕事をして、帰宅した。おっと、アリバイはないな。だが待ってくれ。現場ではもう一人殺されたのだろう？　ヤクザ者で敵も多かったとか。君もさっき、上竹君は巻き添えになったようだと言っていなかったか？」

「そう見える状況ではあります。ただ、こちらにも一点、おかしなことが」

蓮見は知らず知らずのうちに笑みを浮かべていた。福家とのやり取りが楽しくて仕方がない。久しく忘れていた興奮だ。

「ぜひ聞きたいね」

「これを見てください」

福家は携帯の画面を蓮見に向けた。表示されていたのは「東京湾炎上」のポスターだ。アイドルがにこやかに笑っている。

「同じものが現場にもありました。これです」

福家の細い指が、画面をスクロールさせる。現れたのは同じポスターだ。

「違いが判りますか?」

「こちらの女性は、左頬にホクロがあるね。だが最初に見せてもらったものにはなかった」

「このホクロに見えるもの、実は弾丸の痕なのです」

「何だって?」

「弾道から見て、これは朝倉に向けて発砲されたものと思われます。的を外れた弾丸が当たって、朝倉の背後のフェンスが割れました。その一部が跳ね返って、ポスターが貼ってあるコンクリート製の柱にめりこんだ」

そう、蓮見が現場で覚えた違和感の正体はこれだ。ぼんやりと照らしだされたポスターの女性の左頬に、ホクロが増えていた。その微妙な変化に、説明のつかない違和感が残ったのだ。

ホクロの正体に思い至ったのは、待合室で現場からの中継を見たときだ。その少し前、ホームで同じポスターを見ていたことも大きかった。そう、あのアイドルにそもそもホクロはないのだ。違和感の正体が割れ、蓮見は待合室でホッと胸を撫《な》で下《お》ろした。この程度なら、復讐を果たすまでのあと半日、計画に齟齬《そご》をきたすことはないだろう。その安堵だった。

「なるほど。それで? 何が問題なんだ?」

「先ほど、釣り客が銃声を聞いたことをお話ししました。銃声が一発聞こえ、しばらく間を置いて、二発目、三発目が続けて聞こえたそうです。犯人は、朝倉を狙ったとされています。

現場で待ち合わせたのか、ほかの場所でいざこざがあり現場に逃げこんだのか、いずれにせよ最初に撃たれたのは朝倉だったはずです。その後で、現場にもう一人いることに気づく。犯行を目撃され、犯人はやむなくその人物、すなわち上竹さんも撃つ——。ところが、それでは銃声の説明がつかないのです。いまも言った通り、柱から見つかった弾の破片から見て、犯人は明らかにまず、朝倉に向けて二発撃っています。では、その少し前に響いた一発だけの銃声は何だったのでしょうか」

「上竹君を撃った……」

「はい。犯人は最初に上竹さんを撃ったのです。これで、現場の状況は一八〇度反転します。巻きこまれたのは、上竹さんではなく朝倉の方だった。犯人は最初から上竹さんを狙っていたのです」

ゴウという音と共に、のぞみ号はトンネルに入った。福家とのやり取りに夢中で、列車が現在どこにいるのか、把握できていない。岐阜羽島《はしま》を過ぎた辺りか。いずれにせよ、京都まであと少しだ。

「上竹君が狙われていた……にわかには信じがたい。では、ヤクザ者は何のために殺されたんだ？　たまたま殺人現場に居合わせて、あっけなく殺された、そう言うつもりじゃないだろうね」

「たまたま居合わせたのではなく、犯人に呼びだされたと考えています」

「ヤクザを呼びだした？　そんなことができる人間は、そういるものではないよ」

「朝倉はこの二年ほど、実に羽振りがよかったそうです。一方で敵も多く、稼ぎ口は限られていた。どうやって金を得ているのか、皆、不思議に思っていたとか」

「短絡的な発想はよくないかもしれないが、女性関係ではないかな」

「おっしゃる通り、彼は自分名義のマンションに女性を住まわせていました。朝倉さんが手にする金は、すべてその女性から出ていたようです」

「うらやましい……と言ったら軽蔑されるかな」

「その女性は個人投資家で、この二年で驚くほどの利益をあげています」

「個人でそれだけの結果をだすとは、すごい才能の持ち主だ。うちに来てほしいくらいだよ」

「その女性は三年前まで銀座のクラブで働いていました。当時を知る人たちに話を聞きましたら、株はもちろん、金融関係の知識はまるでなかったと」

「勉強したんじゃないか？　才能はある日突然、花開くものだ」

「実際に取引をしていたのは別の人物ではないか、私はそう考えています。女性は目くらましなのです。株などで得た利益を、女性経由で朝倉さんに流す。その指南をしていた人物がいるように思うのです」

「なるほど。例えば証券会社に勤務する者とか」

「はい。その中でも特に優秀なプロが、朝倉さんのために荒稼ぎをしていた。上竹さんを殺すとき、警察をミスリードする駒として使うために」

「それはまた無茶な推理だ。朝倉氏と関係のある女性が株で利益を手に入れ始めたのは、二年前だと言ったね。君の言う殺人計画が本当にあったとして、随分と悠長じゃないか」

「犯人には、そうするだけの動機があったのではないでしょうか」

「ほう。いったいどんな動機かな」

「そこまでは、まだ。これから問題の女性を署に呼んで、指南役の人物について語ってもらう予定です。その人物が誰であったか判れば、捜査は進展するはずです」

「なるほど。警察は抜け目がないね。いや、面白い話を聞かせてもらったよ。君とのお喋りは楽しかったが、さすがに疲れた。少し休ませてもらうよ」

女性に株の指南をしたのは、むろん蓮見だ。だが、一度も会ってはいない。常にネット経由で連絡を取り合った。向こうはこちらの名前も住所も知らない。朝倉にもきつく口止めしていた。

内心ほくそ笑む蓮見の前で、福家はぺこんと頭を下げた。

「これは失礼しました。今日はパーティがあるんでしたね。ボルケラー証券のＣＥＯも出席する重要なパーティが」

蓮見はニヤリとした。

「調べたのか？」

「お疲れのところ恐縮ですが、もう少しだけお付き合いください。次は凶器となった拳銃の問題です」

「君たちのことだ、残された弾丸から、前科がないか調べたのだろう？」

「はい。七年前、大阪市城東区で起きた信用金庫強盗事件で使用されたものと判りました。犯人は銀行の入口で天井に向けて一発撃っています。その後、窓口の現金百二十万を奪って逃走」

「七年前か。まさに眠れる拳銃だな」

「銃がなぜいまになって目を覚ましたのか、それが気になります。銃自体は、当時、暴力団関係者を中心に出回っていたものと考えられます。命中精度はそこそこですが、安全装置に不具合があり、ひどい暴発の恐れもあるのです」

「素人考えだが、銃売買の闇ルートか何かがあって、所有者が転々と替わったのではないかな」

「そういうわけでもないのです。強盗事件の犯人はその日のうちに捕まって、銃は逃走中に捨てたと証言しています」

「その供述は嘘だったわけだ。こうして事件が起きているんだから」

「犯人は公園のゴミ箱に、小さな段ボール箱に入れて捨てたと証言しています。証言が得られたとき、ゴミ箱の中身は既に回収され、それ以上は追跡できませんでした」

蓮見は身を起こし、尋ねる。

「君は何が言いたいんだ？」

「ゴミ箱に捨てられた銃は、埋め立て地かどこかで眠っている。捜査関係者はそう考えていたのです。それが今回、殺人の凶器として使われたわけですから、大慌てです」

「まあ、そうだろうね」

「蓮見さんは当時、東京でお勤めでしたか？」

「ああ。僕は証券ひと筋でね。当時は日本でもっとも歴史のある会社にいた。七年前というと、ちょうど転職を考え始めたころかな。いろいろな意味で限界を感じてね。もっと自由に自分のやり方を通したかったから」

「大阪で強盗事件が起きたのは、七月二十八日です。あなたは七年前のその日、休暇を取られていますね」

蓮見は背筋に冷たいものを感じた。わずかな時間で、そこまで調べたというのか。こちらの心中を察したのだろう、福家は微笑んだ。

「機動鑑識班の二岡という者が、懸命に調べてくれました。本来ならこうした捜査を行う部署ではないのですが……」

「そんなことはどうでもいい」

蓮見は福家に向き合った。京都まで、あと二十五分。

「いったいどういうつもりで、そんなことを？」

「二岡は、職場の同僚だった方に話を聞いたようです。あなたは恋人の葬儀に出ておられたとか。場所は大阪の鶴見……。強盗事件が起きた場所の近くですね」

心のもっとも深い部分に、土足で踏みこまれた気がした。頭の中で何かがはじけ飛びそうになったその瞬間、反射的に六秒数えだしていた。怒りを静める方法の一つだ。六秒たてば、発作的な怒りは去り、冷静さを取り戻せる——十数年前、社員研修で習ったことを、蓮見はいまも実践していた。生き馬の目を抜く証券業界で、過去こうした窮地《きゅうち》は何度もあった。そのたびに、冷静を保ち、切り抜けてきた。福家はこちらの感情をあおり、ミスを待っている。その手には乗らない。

窓の外には穏やかな田園の風景が広がっていた。遙か彼方の山々はてっぺんの辺りに薄く雪化粧をしている。

蓮見は落ち着きを取り戻していた。

「坂下ゆき。結婚も考えていた。仕事で悩みを抱えているのは判っていたが、僕自身も忙しく、親身になってやれなかった。悔やんでも悔やみきれないよ。あのときちゃんと向き合っていれば……。あの日は、君の言う通り、ゆきの葬儀に行った。ご両親は口もきいてくれなかったがね。当然だ。傍《そば》にいながら何もできなかったのだから」

福家は黙って聞いている。その顔には、何の感情も浮かんではいなかった。

あの日のことが脳裏を過《よぎ》る。葬儀の後、蓮見は呆然としながら街をさまよった。通りかかった公園に入り、ベンチに坐った。どのくらいそうしていただろう。夕暮れ近く、誰もいなくなったころ、ふとゴミ箱に目が行った。様々なものが捨てられていたが、中に潰《つぶ》れた段ボール箱があった。黒光りする何かがのぞいている。吸い寄せられるように、蓮見はゴミ箱に近づいた。箱からはみ出ているのが拳銃であることは、歩いているうちに判った。それから数歩進む間に、蓮見の頭は「復讐」の二文字に埋め尽くされていた。銃の残弾は五発。ゆきの仇《かたき》は三人だ。いける。蓮見の復讐計画は、その瞬間からスタートした。

波立つ心を押し隠し、蓮見は言った。

「葬儀の後、すぐ東京に戻った。公園の近くで強盗事件が起きていたことさえ知らなかった」

福家はその答えを予想していたようだ。蓮見が観念して白状するとは、元から考えていないのだ。福家は静かに言った。

「坂下さんの上司だった課長および勤務していた支社の支社長、仮にA、Bとしておきますが、Aは現在、ボルケラー証券ジャパンの営業本部長だそうですね。さらにBはボルケラー社の役員としてサンフランシスコにいるとのことですが」

「共に、ゆきへのパワーハラスメントに深く関わっていた」

福家はフックにかけてあるテーラーバッグに目を移す。

「役員Bは、今日のパーティに合わせて帰国されるとか」

「CEOも出席するからね。荷物持ちとしてくっついてくるんだろう」

「当然、営業本部長も出席される」

「ああ」

「そしてあなたも」

「本年度の最優秀営業マンとしてね。ここまで来るのに五年かかったよ」

「拳銃は、あの中ですか」

荷棚のバッグを福家は指さした。

「何のことだか判らないね」

「復讐は終わっていないのでしょう？」

「だから、何のことだか……」

「殺害された上竹さんですが、七年前の情報が上がってきています。当時、大口の顧客が立て続けにボルケラーからトンダイルに流れています。すべて坂下さんの……」

「上竹がゆきの情報を盗み、顧客を奪ったんだ。そのことがもとで、弱っていたゆきの心は……」

「それが動機でしょうか。坂下さんを死に追いやった者に責任を取らせる。その死によって」

「何をバカなことを。小説の読みすぎだ」

「バッグの中を見せていただけませんか」

「断る。君にそんな権限はない」

のぞみ号は立て続けに短いトンネルを抜けた。京都は近い。

福家に自分を止めることはできない。バッグを開けさせることもできない。

蓮見は心を決めた。

残り二人をまとめて殺す計画は、延期するよりない。標的が揃う千載一遇のチャンスであったが、一から練り直しだ。

「ここを切り抜けたとしても……」

福家の声が冷たさを増した。

「我々は手を緩めません。あなたにはしばらく監視をつけます。ボルケラー証券にも、我々が調べたことを伝えます。次のチャンスをうかがうつもりでおられるのなら、あきらめた方がいいと思います」

「それくらいは、端《はな》から覚悟しているさ。こちらも言わせてもらうが、未来永劫、僕を監視し続けられるのかね？　第一、何の容疑で監視するんだ。僕は犯罪者じゃない」

「上竹さん、朝倉さん殺害の……」

「君の推理は面白く聞かせてもらった。だが、証拠は何もない。そうだろう？」

福家はかすかにうなずいた。

「僕は京都駅で降りたらすぐ、弁護士を呼ぶ。会社に報告するって？　すればいい。だが事実としてあるのは、七年前に自殺した社員と僕が恋愛関係にあった、ただそれだけだ。会社は僕をクビにするだろう。僕はその件について徹底的に争うよ。当然、君たちも巻きこまれる。証拠もなく僕を犯罪者扱いして、僕に不利な情報を会社にリークした。それとは別に、君を名誉毀損《きそん》などで訴える。泥沼だ。その上、僕を監視だって？　できるものならどうぞ」

「私を甘く見ていただいては困ります。訴訟？　けっこうです。その間も我々はあなたに張りつきます。昼も夜も、どこへ行こうと目を光らせる。あなたは必ず、どこかでミスを犯す。

精神的に耐えられなくなるのです」

「刑事がそんなことを言って、許されると思うのか？」

「棚のバッグ、そしてそこにかけてあるテーラーバッグの中を見せていただけませんか」

「まだそんなことを……」

「もし銃がなければ、私は引き下がります。二度とあなたに近づきません」

蓮見は福家の表情をうかがう。こんなやり取りをしているにもかかわらず、彼女の顔には何の感情も浮かんでいない。ただ、先よりも鋭さを増した視線が、眼鏡の向こうから蓮見を貫いている。

「到底、信じられんね」

「バッグの中に何もなければ、あなたの勝ちです。あなたは私や警察組織を訴えることができます。こちらに勝ち目はないでしょう」

福家は人差し指を立て、荷棚のバッグを指した。

「それとも、開けられない理由があるのですか」

車内アナウンスが流れる。

「間もなく京都です」

時間通りだ。窓越しに古びた街並みが見える。

蓮見は大型バッグとテーラーバッグを福家に差しだした。

福家はそれぞれのファスナーを開け、手を突っこんだ。英語のアナウンスも始まり、いよいよ到着が近いことを告げる。

「We will soon make a brief stop at Kyoto.」

中を見つめていた福家が顔を上げた。やはり、そこに感情はない。

蓮見はひったくるように二つのバッグを取り戻し、ゆっくりとファスナーを閉める。

「申し開きは聞かない。だが、覚悟しておくんだな。僕はやると言ったことは必ずやる」

のぞみ号が京都駅のホームに入った。蓮見は福家の膝をまたぎ、通路に出た。降車客はかなりいる。福家は後を追ってくる気配もない。気がかりではあるが、銃は残して降りるしかないだろう。

コートをはおり、ホームに降り立った。京都特有の身を切る寒風が頬に吹きつける。慌ててコートの襟《えり》を立てた。ガーンという乾いた音が聞こえたのは、そのときだった。花火、爆竹……いや。

蓮見がはっと顔を上げたとき、泣き叫ぶ子供の声が耳に入った。

「ママー！」

東京駅発車直後に聞いた男の子の声に違いない。

のぞみ号の進行方向に目をやると、七号車付近に人だかりができている。駅員や居合わせた乗客が、七号車前方のドアから髪の長い女性を運びだそうとしている。意識がないのか、ぐったりしていた。脇腹の辺りにべっとりとついているのは血だろうか。そのすぐ後ろで、子供が叫んでいた。

「ママー！」

蓮見は駆けだしていた。遠巻きに見守る人々をかき分け、七号車後方のドアから、車内に飛びこむ。車内は騒然とした様子だった。多くの乗客が立ち上がり、窓の外を見つめている。何人かは、ホームあるいは別の車輛へと退避を始めていた。

蓮見は荷棚を探る。ない。東京駅を出る前に置いたバッグが……。床に目をやると、通路の真ん中にバッグが落ちていた。

何てことだ。安全装置はかけておいたのに。

福家の言葉がよみがえる。

『命中精度はそこそこですが、安全装置に不具合があり、ひどい暴発の恐れもあるのです』

降車客が荷物を取る際、誤ってバッグを落とした。その衝撃で銃が暴発し……。

蓮見はバッグを取り、ファスナーを開けた。黒く光る銃がそこに収まっているのを目にした瞬間、自分が取り返しのつかないことをしたと気づいた。

顔を上げ振り返ると、福家が立っていた。

デッキに続く前後のドアの前には、制服警官が立っている。蓮見は思わず、銃に手をかけた。

「やめてください。弾は抜いてあります」

福家が近づいてきた。確認するまでもなかった。彼女なら抜かりなく、そうするだろう。手からバッグが滑り落ち、床に落ちた。ゴトンと重い音がした。

窓の外を見ると、たったいま悲鳴を上げていた子供が、刑事と思《おぼ》しき男に頭を撫でられている。男の子は得意げに笑っていた。すぐ傍に、母親が立っている。その横には、同じ服装をした別の女性もいた。脇腹が朱《あか》く染まっている。女性は痛みをこらえる様子もなく、男性刑事に何か告げていた。あれは、女性警察官だったのか……。おそらく名古屋で乗りこんだのだろう。

蓮見は福家を見上げ、言った。

「なぜ判ったんだ?」

「東京駅で、あなたは七号車から乗り込みました。八号車の乗降口は後方のドア一つだけです。あなたの席は八号車の17A、一番ドア寄りの席です。八号車のドアのほうが圧倒的に自分の席に近いのに、どうして七号車から来たのか、疑問に思ったのです。それに入線前、あなたは十号車の前にある待合室にいました。やはり八号車のドアのほうが近いのに、あなたはわざわざ七号車まで歩いていって乗り込んだのです。どうしてわざわざ前の車輌へ行ったのか。あなたと話しているうちに、もしやと思いましてね、七号車の手荷物を確認してもらったのです。証拠となる銃を手許に置くか、万が一に備えて離れた場所にあえて置くか。あなたなら後者を採ると考えました」

「名古屋で席を外したのは、その指示をするためか……。ファイルは擬装だったんだな」

「いいえ、ファイルには東京の同僚が必死に集めてくれた情報が詰まっていました。あれなくして真相解明はありませんでした」

「何てことだ……よりによって君のような人間が偶然、隣に坐るなんて……いや、偶然じゃないな。そうか、待合室にいたときから」

「はい。ニュースの画面を見る、あなたの表情が気になりました。特にあのポスターが映ったときの、うっすらと浮かべた笑み。あれは何なのか。興味、悦楽、侮蔑、嫌悪、いずれも当てはまらない。最後に、安堵ではないかと思いつき現場の仲間に調べてもらいました」

「それで僕の隣の席を？」

「はい。車掌さんに頼んで手配してもらいました」

「最初から、勝ち目はなかったわけだ」

蓮見は立ち上がった。

「君が連行するのか？」

「いえ、向こうに京都府警の者がいるはずです」

福家の合図で制服警官が近づいてきた。

両側を固められながら、蓮見は福家を振り返って言った。

「僕はまだ、あきらめたわけではないよ」

参考文献

川島和正『改訂新版　医薬品業界とＭＲの仕事がわかる本』　アスペクト
池上文尋『なぜあの先輩ＭＲは仕事が早くて楽しそうなのか？』　医薬経済社
福西英三監修／花崎一夫、山﨑正信、江澤智美『新バーテンダーズマニュアル』　柴田書店
渡邉一也監修『バーテンダーパーフェクトガイド』　ナツメ社

＊　＊　＊

また、執筆に当たり、「これえだ皮フ科医院」院長の是枝哲様、「バー　テンダリー」オーナーバーテンダーの宮崎優子様より、貴重なアドバイスをいただきました。

これえだ皮フ科医院　京都市中京区竹屋町通烏丸東入清水町三八九
http://koreedahifuka.com
Bar Tenderly　東京都大田区大森北一―三三―一一　大森北パークビル２Ｆ
https://www.tenderly.bar

解説

小出和代

ミステリーは好きだけど、犯人が誰なのか先に知っておかないと安心して読めない、という意見を聞くことがある。私の経験上、こう主張する人たちは決して少なくない。皆、「邪道なのは分かってるんだけど」と自分で前置きしながら、本を後ろからめくる。

確かにミステリーといえば、最初に事件が起きて、その謎を解いていくのが王道展開。結末や途中のヒントを読む前に知らせて「ネタバレ」してしまわないよう、できるだけ配慮するのがファン同士の暗黙の了解、といったところがある。

でも、本の楽しみ方は人それぞれだ。先に結末を知っている方が安心できるなら、そのやり方で楽しんでほしい。邪道だなんて、気にしなくていい。世の中にはそもそも、犯人が冒頭で明かされているミステリーだってたくさんあるのだ。

倒叙ミステリー、と呼ばれるタイプの作品群である。

物語の最初に犯人が登場し、多くの場合、犯行の動機から手口までが詳《つまび》らかに語られる。

念入りな準備、抜かりない手際と後始末。これなら絶対バレないな……と思ったところで探偵役が登場する。読者としてはすでに知っていることを、探偵役が後追いで調べ、推理して、犯人に迫ってくるのだ。

推理の根拠になるのは、犯人がうっかり残した手掛かりや、捜査途中のささいな会話だ。すでに犯行の全貌を知り尽くしている読者側もハッとするだろう。追い詰められる犯人の焦りをサスペンスのように味わいつつ、探偵役による鋭い謎解きも、足を掬《すく》われるようなどんでん返しの興奮も味わうことができる。倒叙ミステリーには複数の楽しみが隠されているのである。

倒叙ミステリーといえば代名詞のように持ち出されるのが、アメリカで作られたテレビドラマ《刑事コロンボ》シリーズだろう。ぼさぼさの髪によれよれのコート、葉巻を手にして、二言目には「うちのかみさんがね」と口にする。この一見冴えない男が、実はロサンゼルス市警殺人課の名刑事で、毎回鮮やかな謎解きと心理戦で犯人を追い詰めていく。ピーター・フォーク演じるコロンボ像の嵌《は》まりっぷりもあわせて、日本でも大人気になった。

そしてこの刑事ドラマを彷彿《ほうふつ》とさせる作品として、発表当初から喝采《かっさい》をもって迎えられたのが、大倉崇裕による福家警部補シリーズである。コロンボが引き合いに出されるのは、同じ倒叙ミステリーだからというだけではない。実は大倉崇裕自身が、《刑事コロンボ》の日本版ノベライゼーションを担当したことがある、筋金入りのコロンボマニアなのだ。福家警部補シリーズに見られるコロンボシリーズとの数々の相似形は、作者も承知の上で執筆されている。

初めてこの作品を手にした読者のために、ここで一通りおさらいしておこう。福家警部補シリーズは、現在五冊の単行本にまとまっている。『福家警部補の挨拶』『福家警部補の再訪』『福家警部補の報告』『福家警部補の追及』、ここまでの四冊は文庫化もされている。そして本書『福家警部補の考察』がシリーズ五冊目で、このたび文庫化の仲間入りとなった。

福家は警視庁捜査一課の警部補である。捜査一課といえば殺人事件の捜査を専門とする強面《こわもて》エリート集団のはず、なのだが、福家警部補は小柄で童顔、加えて地味なスーツに眼鏡とショートヘアで、初対面時はそもそも刑事にすら見てもらえず、毎回ＯＬや就職活動中の学生に間違われている。警察バッジは鞄《かばん》の中ですぐ行方不明になるし、財布の中身もあまり把握していないようで、頻繁《ひんぱん》にタクシーの支払いでもめる。缶入りのお汁粉が好きで、犬が苦手。威厳らしきものはまったくないドジっ子キャラなのだ。最初のうちは。

ところが一度容疑者に出会うと、超能力か?というほどの閃《ひらめ》きを発揮する。とぼけた様子でどこへでも入っていくし、威圧的な人物に凄《すご》まれようとビクともしない。立て続けに手を打って逃げ道を塞《ふさ》いでは、理詰めで容赦《ようしゃ》なく犯人を追い込む。酒にはめちゃくちゃ強く、徹夜が続いてもケロリとしている。実は見た目に反して、猛烈にタフなのである。

こうして列挙してみると、福家の人物像は随分丁寧に書かれているように思えるけれど、実はここに挙げたのは彼女の外見、外側の特徴だけである。何を考え、どう感じているのか、内面の描写はまったく出て来ない。意図的に、そう書かれている。

福家シリーズが始まったときに書かれた大倉崇裕のエッセイが、今も東京創元社のサイトで読める。それによれば、福家警部補というキャラクターは、コロンボシリーズのノベライズの手法にヒントを得て生まれたのだという。当時ノベライズ版の担当者から、「コロンボの心情描写だけは絶体にしないでくれ」と厳命を受けたらしい。コロンボが何を考えているか分からないからこそ視聴者は犯人とともに一喜一憂するわけで、そこが面白さの肝、小説でも崩さないでほしいというのである。

後に大倉はこの言葉を思い出し、「この手法を使って、倒叙短編を書いたらうまくいくかもしれない」と考える。「主人公である刑事が何を思い、何を感じているのかは一切書かない。視点はその刑事を傍《はた》から見ている第三者のものにする」というのはどうだろうか、と。

そうして生まれたのが福家警部補であり、このシリーズ作品の構成だ。おかげで福家がどんなにドジっ子に見えても、生活力のない残念な人に見えても、それが素なのかわざとなのか、本当のところは摑めない。親しみやすさと得体の知れなさが、確かに並立しているのである。

そういえば福家も、コロンボ同様、ファーストネームが分からない。コロンボに倣《なら》うなら、きっとこの先も明かされないままなのだろう。

《刑事コロンボ》との関係については、シリーズ第一弾『福家警部補の挨拶』文庫版の小山正氏の解説がとても詳しい。他の巻でも、倒叙ミステリーの名作案内など、それぞれの解説者諸氏が詳しい話をしているので、深く知りたい方はぜひご一読を。

福家の内面が書かれない分、他の登場人物については、丁寧《ていねい》に心の裡《うち》が描かれる。犯人は元より、関係者も福家の部下も通りすがりの目撃者も、僅かな登場シーンの間に生活や人生が垣間見える。

面白いのは、福家の捜査に協力した人々の周囲では、何かしらが前向きに変化することだ。具体的に環境が変わることもあるし、気の持ちよう、というささやかな変化のこともある。犯罪者の心理を追いかけるような福家警部補シリーズが、決して重苦しくならないのは、こういう明るさが間接照明のように効いているからだろう。福家に関わって痛い目を見るのは犯罪者のみ、だ。

ところで、福家は確かに警察組織に所属しているけれど、地道な捜査を重ねていく群像劇タイプの「警察小説」を期待すると、間違いなく肩透かしを食らう。何しろ肝心の捜査の様子が、あちこちで大胆に省略されているのだ。

長編小説なら、捜査状況や捜査員たちのエピソードにページを割いてくれれば、その分深くて面白いものになるだろう。でも、同じことを短編小説でやろうとして誠実に全てを書き込んでしまうと、かえって中途半端で物足りなくなる。

どのシーンをどこまで掘り下げて書くか、あるいは書かずにおくか、物語全体を見ながら決めるのも、作者の力量、センスではないだろうか。福家警部補シリーズは、そのあたりが自覚的にコントロールされている。コロンボがそうであるように、福家警部補シリーズもまた、犯人との頭脳戦、一騎打ちこそが肝だ。刑事が主人公だけれど、警察小説というより、本格推理小説を読む楽しさに近いのである。

最後に、本書収録の四作品について、興を削がない程度の紹介をしよう。犯人も犯行の詳細も冒頭で明かされる話ばかりだから大丈夫だとは思うが、本編に関わる情報は一文字でも目に入れたくないネタバレ回避派の方は、ここから一ページ分くらい飛ばしてほしい。

「是枝哲の敗北」

自分の地位と愛人を天秤にかけた、医師による殺人事件。綿密に練った計画に、偶然の出来事で綻《ほころ》びが生じるあたりや、福家との呑気《のんき》な会話がとどめの一撃に繋《つな》がる点など、とても福家警部補シリーズらしいスタンダードな作りになっている。

「上品な魔女」

妻の殺害を計画したベンチャー企業の経営者が、一転、逆の立場に突き落とされる。犯人の異様さは、シリーズ中でも突出しているのではないだろうか。倒叙ものは主に犯人側の視点で語られるので、読者も否応なく犯人の思考に寄り添うわけだけれど、本作の犯人に引きずられるのはなかなかハードだ。こういう人、案外普通にいるだろうなと思えてしまうのも、また怖い。

「安息の場所」

師匠の名誉を守ろうとしたバーテンダーによる殺人事件。ラストに思いがけない一押しがあって、おっ、と目を見張ってしまう。犯人を追い詰める過程で、関係者に何らかの影響を与え、時に救っていくのが福家警部補の不思議な魅力であるのだが、本作もまたしかり。ぜひ注意深く読んでいただきたい。

「東京駅発6時00分 のぞみ1号博多行き」

亡き恋人の仇《かたき》を討つエリート証券マンと、京都行きを命じられた福家が、新幹線の車中で隣り合わせる。倒叙ものという一種の制約があるところに、さらに場所を固定し、時間的なリミットも加える。しれっと凝《こ》った作りになっている一編だ。自分で捜査に動けない福家は、部下の二岡たちに指示を送り、自らはひたすら頭だけを使う。ちょっとした安楽椅子探偵ものでもある。本作は第七十二回日本推理作家協会賞（短編部門）の候補になった。

さて、「東京駅発6時00分 のぞみ1号博多行き」で京都へ向かっていた福家だが、彼女の言によれば、人材交流の一環とやらでしばらく京都暮らしになるらしい。所変われば、生活の常識も人の気質も微妙に変わる。古都を舞台に、福家はどんな活躍を見せてくれるだろうか。さらなる続編がまとまるのを楽しみに待ちたい。

初出一覧

是枝哲の敗北　ミステリーズ！vol.76（二〇一六年四月）
上品な魔女　ミステリーズ！vol.79（二〇一六年十月）
安息の場所　書き下ろし
東京駅発6時00分　のぞみ1号博多行き　ミステリーズ！vol.87（二〇一八年二月）
『福家警部補の考察』　東京創元社（二〇一八年五月）

検 印
廃 止

著者紹介 1968年11月6日、京都府生まれ。学習院大学法学部卒業。97年「三人目の幽霊」が第4回創元推理短編賞佳作に。98年「ツール&ストール」で、第20回小説推理新人賞を受賞。著書に『七度狐』『聖域』『小鳥を愛した容疑者』『樹海警察』など。

福家警部補《ふくいえけいぶほ》の考察《こうさつ》

2023年12月8日 初版

著 者 大《おお》 倉《くら》 崇《たか》 裕《ひろ》

発行所 (株) 東京創元社
代表者 渋谷健太郎

162-0814/東京都新宿区新小川町1-5
電 話 03・3268・8231-営業部
03・3268・8204-編集部
URL http://www.tsogen.co.jp
DTP フォレスト
晩印刷・本間製本

乱丁・落丁本は、ご面倒ですが小社までご送付ください。送料小社負担にてお取替えいたします。

ISBN978-4-488-47009-8 C0193